द ओवरथिंकिंग क्योर

द ओवरथिंकिंग क्योर

वर्तमान में कैसे रहें, नकारात्मकता को कैसे दूर करें
और अपने तनाव तथा चिंता से कैस मुक्त रहें

निक ट्रेंटन

अनुवाद : यामिनी रामपल्लीवार

MANJUL

मंजुल पब्लिशिंग हाउस

MANJUL

मंजुल पब्लिशिंग हाउस

कॉरपोरेट एवं संपादकीय कार्यालय

• द्वितीय तल, उषा प्रीत कॉम्प्लेक्स, 42 मालवीय नगर, भोपाल-462 003

विक्रय एवं विपणन कार्यालय

• सी-16, सेक्टर 3, नोएडा, उत्तर प्रदेश, 201301

वेबसाइट : www.manjulindia.com

वितरण केन्द्र

अहमदाबाद, बेंगलुरू, कोच्चि, कोलकाता, चेन्नई,
हैदराबाद, मुम्बई, नई दिल्ली, पुणे

निक ट्रेंटन द्वारा लिखित मूल अंग्रेजी पुस्तक द *ओवरथिंकिंग क्योर* का हिन्दी अनुवाद

The Overthinking Cure by Nick Trenton – Hindi Edition

यह हिन्दी संस्करण 2025 में पहली बार प्रकाशित

ISBN 978-93-5543-355-8

अनुवाद : यामिनी रामपल्लीवार

मुद्रण व जिल्दसाज़ी : रेप्रो इंडिया लिमिटेड

अनुक्रम

1

सबकुछ दृष्टिकोण पर निर्भर

सक्रिय बनाम प्रतिक्रियाशील होना

जीवन 10 प्रतिशत इस पर निर्भर करता है कि
आप पर क्या बीत रही है और 90 प्रतिशत इस पर निर्भर है
कि आप इससे निपटते कैसे हैं।

– जॉन मैक्सवेल

जो लोग शांत, संयमित और धैर्यवान होते हैं, उनमें कोई तो ख़ास बात ज़रूर होती है : वह कौन-सा एक्स फ़ैक्टर है जो उन्हें इतना शांतचित्त और संयमित बनाए रखता है? जहां एक ओर कुछ लोग बेचैन होकर हड़बड़ाते रहते हैं, घबरा जाते हैं, वहीं शांतचित्त लोग एक बिलकुल अलग मानसिकता में जीते हैं। वास्तव में यह मानसिकता क्या है, और आप अपने भीतर इसे कैसे जगा सकते हैं – आइए, इसी बात पर बारीक़ी से ग़ौर करते हुए इस पुस्तक की शुरुआत करें।

एक दिलचस्प सवाल : आपके जीवन को कौन नियंत्रित करता है?

इसके दो मुख्य उत्तर हैं : आपके साथ जो होता है, उसके लिए या तो आप किसी परिस्थिति या किसी अन्य व्यक्ति को ज़िम्मेदार ठहराते हैं, या आप मानते हैं कि आपका जीवन जिस तरह से चल रहा है, उसके लिए आप ही जवाबदेह हैं। संक्षेप में कहें तो अतिसक्रिय लोग वे होते हैं, जो अपने जीवन को आकार देकर आगे बढ़ाने के लिए आस-पास के

वातावरण या लोगों पर निर्भर नहीं होते हैं, बल्कि वे अपने दम पर निर्णय लेते हैं और उसकी ज़िम्मेदारी भी ख़ुद लेते हैं। वे, अपने कार्यक्षेत्र में क्या चाहते हैं और अपने उद्देश्य को कैसे हासिल किया जा सकता है, इस पर ध्यान केंद्रित करते हैं। स्वाभाविक ही है कि उनका रवैया उन्हें एक ऐसे मानसिक खांचे में रखता है जो समस्याओं को सुलझाने और अवसरों की तलाश पर केंद्रित होता है। आम तौर पर, जब जीवन का कोई रास्ता चुनने की बात आती है, तो निर्णय वे स्वयं ही लेते हैं।

अब इसकी तुलना एक विपरीत स्थिति से करें : कोई व्यक्ति प्रतिक्रियाशील है। जैसा कि शब्द से ही पता चल रहा है ऐसा व्यक्ति सहजता और अपनी इच्छा के अनुसार कम ही काम करता है, वह केवल अन्य लोगों के कार्यों (क्रिया) की प्रतिक्रिया के तौर पर, या माहौल के अनुसार चलता है। यह अधिक निष्क्रिय, सशर्त और दूसरों के भरोसे रहने वाली स्थिति है। यह इस तरह से है कि आपको 'क्या करना चाहिए' या आपसे क्या करवाया जा रहा है, बजाय इसके कि आप वास्तव में क्या करना चाहते हैं। इस मानसिकता में दोषारोपण, अनिर्णय, उत्पीड़न, लोगों को ख़ुश करने की लाचारी और ज़िम्मेदारी की कमी शामिल होती है। साथ ही यह विश्वास भी होता है कि लोग आप पर कुछ ख़ास तरह की भावनाएं थोप सकते हैं, आपको कुछ भी करने के लिए बाध्य कर सकते हैं।

मुझे पता है कि अब आप क्या सोच रहे हैं – निश्चित रूप से वास्तव में सक्रिय होना असंभव है? आख़िरकार, हममें से किसी का भी अपने जीवन पर शत-प्रतिशत नियंत्रण नहीं है। सच है। पर, सक्रिय होने का मतलब यह नहीं है कि आप हमेशा अपना रास्ता खोज लें, बल्कि, यह मन को दिया गया प्रशिक्षण और एक दृष्टिकोण है जो कहता है, *'मैं ग़लतियों से सीख सकता हूं। मैं अपनी क्षमता का उपयोग कर सकता हूं। मैं कुछ नया आज़मा सकता हूं।'* दरअसल, सक्रिय व्यक्ति यह भी पहचानने में सक्षम होते हैं कि वास्तव में वे परिणामों को प्रभावित करना उनके बस में नहीं है और इसीलिए वे बड़े आराम से नियंत्रण छोड़ सकते हैं।

तो, सक्रिय होने का मतलब यह नहीं है कि आप दुनिया को बिलकुल वैसा बनाने के हक़दार और सक्षम हैं, जैसा आप चाहते हैं, बल्कि, इसका मतलब है कि आप अपने कार्यक्षेत्र के बारे में सजग हैं और आपके पास 'लोकस ऑफ़ कंट्रोल' (यह विश्वास कि किस हद तक आपकी ज़िंदगी में

होने वाली घटनाओं पर आपका नियंत्रण है) है, और आप बाधाओं से जूझने और ग़लतियों की ज़िम्मेदारी लेने के इच्छुक रहते हैं, ना कि नियंत्रण या ज़िम्मेदारी नहीं होना मानकर हाथ पर हाथ धरे बैठे रहते हैं। वास्तव में परिणाम नहीं, रवैया मायने रखता है।

क्योंकि, सक्रिय व्यक्ति जानते हैं कि वे अपने कार्यों, अपनी भावनाओं और अपनी आंतरिक विवेचनाओं के उत्तरदायी हैं, इसलिए वे ऐसी स्थितियां बनाने का प्रयास करते हैं जो वास्तव में उनके मूल्यों के अनुरूप हों। एक प्रतिक्रियाशील व्यक्ति यह उम्मीद करते हुए चुपचाप बैठे रहता है कि चीज़ें अपने आप उनके अनुरूप होंगी, या कि अन्य लोग उनकी मदद करेंगे। और, जब ऐसा नहीं होता है तो वे नाराज़ हो जाते हैं या दोषारोपण की मदद लेने लगते हैं।

सक्रिय लोग सजगता से मनमुताबिक़ परिस्थितियां बनाते हैं और वे जानते हैं कि केवल वे ही ऐसा करने की क्षमता रखते हैं। इसके लिए कुछ हद तक सजगता, ईमानदारी और साहस की आवश्यकता होती है। इसका मतलब यह भी है कि उन्हें कुछ जोख़िम उठाने के लिए परिपक्व भी होना होगा – यदि वे विफल होते हैं, तो वे जानते हैं कि इस विफलता के ज़िम्मेदार वे स्वयं हैं, किसी पर दोष नहीं मढ़ा जा सकता।

आइए, अपने सवाल पर लौटते हैं : आपके जीवन पर किसका नियंत्रण है? देखिए, यह आप पर निर्भर करता है! अपने जीवन को स्वयं नियंत्रित करने का विकल्प आप चुन सकते हैं, या यह अधिकार किसी और को भी सौंप सकते हैं। बात यह है कि, कोई भी आपको अपने जीवन की ज़िम्मेदारी उठाने के लिए मजबूर नहीं कर सकता है – आप या तो अपनी इस क्षमता को अपनाते हैं या उसे अपनाने में विफल रहते हैं।

अब, इन सब बातों का अंतर्मन को शांत रखने की मनोवृत्ति विकसित करने से क्या लेना-देना है? यह शायद आपने भी अनुभव किया होगा कि जो लोग शांतचित्त और धैर्यवान होते हैं वे सक्रिय मानसिकता से कार्य करते हैं। वे निश्चिंत रहते हैं, क्योंकि वे अपनी क्षमता और योग्यता को लेकर आश्वस्त और आत्म-विश्वास से भरपूर रहते हैं। वे परिस्थितियों को लेकर परेशान नहीं होते, क्योंकि वे जानते हैं कि ऐसा कोई है जो नियंत्रण में है – और वह व्यक्ति वे स्वयं हैं! क्योंकि उन्होंने अपनी क्षमता को पूरी तरह नियंत्रित कर रखा है, वे अपने विकल्पों को लेकर हमेशा आश्वस्त और

सचेत रहते हैं और सजगता के साथ उनमें से किसी एक को चुन भी सकते हैं। और वे हमेशा सबसे ख़राब संभावित परिणामों में भी सर्वश्रेष्ठ हासिल कर सकते हैं।

जब आप प्रतिक्रियाशील होते हैं, तो आपके पास ऐसी कोई आंतरिक सुरक्षा नहीं होती। अपने भाग्य निर्धारण के लिए दूसरों का मुंह ताकते रहते हैं, या लाचार बैठकर शिकायत करते रहते हैं कि लोगों ने आपके लिए विकल्प का चयन नहीं किया। यह स्वाभाविक रूप से चिंताजनक स्थिति है। आप दूसरों की दया पर निर्भर रहते हैं – इससे अधिक तनावपूर्ण क्या हो सकता है? चूंकि, आप ज़िम्मेदारी लेने या समाधान तलाशने की अपनी क्षमता पर संदेह करते हैं या उसे अनदेखा करते हैं, इसलिए जब तक कि कोई अन्य व्यक्ति आकर आपको समस्या का हल नहीं सुझाता, तब तक आपको ऐसा महसूस हो सकता है कि वास्तव में कोई समाधान है ही नहीं। योग्य या सक्षम महसूस करने और आशावादी बनने के बजाय आप स्वाभाविक रूप से निराशावादी होते हैं और मुसीबतें आपके पास आने के लिए हमेशा तैयार रहती हैं।

तो, यदि हम वास्तव में शांतचित्त और अधिक सहज व्यक्ति बनना चाहते हैं, तो प्रतिक्रियाशील मानसिकता के बजाय सक्रिय मानसिकता की ओर बढ़ना कैसे शुरू कर सकते हैं?

दोष देना, शिकायत करना छोड़ें

> **प्रतिक्रियाशील :** ज़रा इन सभी चीज़ों, लोगों और स्थितियों को देखें, ये वैसी नहीं हैं जैसा मैं चाहता हूं...
>
> **सक्रिय :** आख़िर मैं किस तरह की परिस्थितियां चाहता हूं और उन्हें मनमुताबिक़ बनाने के लिए मैं क्या करने जा रहा हूं?

जब आप शिकायत करते हैं, तो आप अपने आपको प्रतिक्रियाशील मोड में डाल रहे होते हैं। आप ख़ुद को और दूसरों को बता रहे हैं कि आप अपने प्रति ज़िम्मेदार नहीं हैं, और आप अपनी योग्यता और क्षमता को किसी और के भरोसे छोड़ देते हैं। सतत सक्रिय होने का एक तरीक़ा है कि शिकायत करने की बुरी आदत को सकारात्मक ढंग से टालना। शिकायत करने से कुछ भी अच्छा हासिल नहीं होता! आप सोच सकते हैं कि जिस बात से आप

नाख़ुश हैं, उसका रोना रोने के बाद आप थोड़ा बेहतर महसूस कर रहे हैं, लेकिन आप जो कुछ करते हैं, वह आपको और अधिक कमज़ोर बनाता है। (और शायद दूसरों को बोर कर देता है)।

इसके लिए थोड़ी जागरूकता ज़रूरी है। अगर आप ख़ुद को परिस्थितियों को लेकर बड़बड़ाते और विलाप करता हुआ पाते हैं, तो ईमानदारी बरतें और अपनी बातों पर ध्यान देना बंद कर दें। फिर अपने आप से एक जरूरी सवाल पूछें :

इस स्थिति में मैं क्या कर सकता हूं?

यह सवाल आपको सक्रिय और समस्या-समाधान मोड में डाल देता है। यह इंतज़ार करना बंद कर दें कि कोई आएगा और आपको बचाएगा, अपनी मदद आप करने के तरीक़ों के बारे में सोचें। यदि आप कोई एक्शन ले सकते हैं, तो अवश्य लें। अगर आपको कोई स्थिति पसंद नहीं है तो उसे बदलने या अपने आपको उस स्थिति से दूर रखने का साहस जुटाएं। इसे इस तरह से सोचें : कोई एक्शन नहीं लेना भी एक विकल्प है और यदि आप ऐसी स्थिति में रहते हैं जो आपको पसंद नहीं है, तो इसका क्या मतलब है?

यदि आप कार्रवाई नहीं कर सकते, तो कोई बात नहीं, आप अभी भी सक्रियता से अपना रवैया चुन सकते हैं। आप कोई भी प्रतिक्रिया नहीं देने का विकल्प चुन सकते हैं। सिर्फ़ इसलिए कि आपको कोई स्थिति असहज लगती है, इसका मतलब यह नहीं है कि आपको शिकायत करनी चाहिए-या इससे भी बदतर-आप किसी ऐसे व्यक्ति की तलाश करें, जिस पर दोषारोपण कर सकें। परिस्थितियों से अधिक महत्त्वपूर्ण है, उन पर आपकी प्रतिक्रिया। हो सकता है कि आप सजग रूप से कार्रवाई करने या किसी स्थिति में बहुत कुछ कर पाने में सक्षम नहीं हों, लेकिन आप किस बात पर ध्यान केंद्रित करते हैं, आप परिस्थिति की विवेचना किस तरह करते हैं, आप कौन-सा दृष्टिकोण अपनाने के लिए प्रतिबद्ध हैं, आप क्या बोलते हैं और आप किस तरह से प्रतिक्रिया देते हैं - यह बहुत कुछ आपके बस में है। आपके पास हमेशा विकल्प मौजूद होते हैं, पर, जब आप शिकायत करते हैं, तो आप उन विकल्पों को नज़रअंदाज़ कर देते हैं और अपनी परेशानी या झुंझलाहट पर अटक कर रह जाते हैं।

दोषारोपण इसी वजह से नुक़सानदायक है – अपनी शक्ति किसी और को क्यों सौंपें? पीड़ित की भूमिका में रहना थोड़े समय के लिए अच्छा लग सकता है, लेकिन जब हम दूसरों के व्यवहार के बारे में शिकायत करते हैं, तो हम एक ज़रूरी बात भूल रहे होते हैं: हमारे पास भी एक्शन लेने का विकल्प है। कभी-कभी अधिकार-भाव या अचेतन में बसी अपेक्षाओं के कारण भी दोषारोपण की स्थिति बन सकती है। जब भी आपको महसूस हो कि आप दूसरों पर दोषारोपण कर रहे हैं, तो ईमानदारी से विचार कीजिए। क्या आप उनसे ऐसी समस्या की ज़िम्मेदारी लेने की उम्मीद नहीं कर रहे हैं, जिसे ठीक करना वास्तव में उनका काम है ही नहीं? यदि वे वास्तव में ग़लत है (ऐसा भी होता है!), तो अपने आप से यह पूछें : क्या आपका क्रोधित होना और याचना करना आपको अपने लक्ष्य के क़रीब पहुंचा देगा? यह महसूस करना बहुत राहत दे सकता है कि हमें दूसरों को हमारे इच्छित ढंग से व्यवहार करने के लिए नियंत्रित करने की आवश्यकता नहीं है – हम स्वयं ही अपने लिए कार्य कर सकते हैं। इससे तुरंत ही चिंता और आत्म-संदेह से छुटकारा मिल जाता है और हमें निश्चिंत महसूस करने में मदद मिलती है।

शांतचित्तता और लचीलेपन की कुंजी–ज़िम्मेदार बनें, प्रतिक्रियाशील नहीं

> **प्रतिक्रियाशील :** परिवर्तन डरावना और ख़तरनाक है, इसलिए बेहतर होगा कि मैं किसी की शरण में चला जाऊं और इस ख़तरे को टाल दूं।
>
> **सक्रिय :** मुझे अपने आप पर विश्वास है कि मैं परिवर्तन के साथ लाभदायक रूप से संलग्न होऊंगा और उन तरीक़ों का स्वागत करूंगा, जो मेरी प्रगति में मददगार होंगे।

जैसा कि हमने ऊपर कहा, आपके पास विकल्प हमेशा उपलब्ध होते हैं। सच है, कभी-कभी आपके पास बहुत सारे विकल्प नहीं होते हैं, या जो होते हैं, वे आपको पसंद नहीं आते हैं, लेकिन आप कभी भी परिस्थिति के शिकार नहीं होते हैं, हमेशा आगे बढ़ सकते हैं और अपने अनुभव की ज़िम्मेदारी ले सकते हैं। आप चाहे सक्रिय हों या प्रतिक्रियाशील, परिवर्तन तो आएगा। जीवन परिवर्तनों से भरा है, लेकिन हम विभिन्न तरह की

प्रतिक्रियाएं दे सकते हैं। जब हम जवाब देते हैं (प्रतिक्रिया नहीं), तो हम अपने आस-पास के लोगों और स्थितियों के साथ गतिशील होकर सचेत रूप से जुड़ते हैं। हम जीवन को अपने मूल्यों और सिद्धांतों के अनुसार जवाब देते हैं, और अपने परिवेश के घटकों से गुलाम की तरह आदेश लेने के बजाय संवाद करते हैं!

एक पुरानी कहावत है : कमज़ोर चीज़ें झुकने से पहले ही टूट जाती हैं, बिखर जाती हैं। सिर्फ़ इसलिए कि आप अपने आपको ठीक से जानते हैं और अपना जीवन स्वयं गढ़ने के लिए निश्चित, सचेत होकर क़दम उठाते हैं, इसका मतलब यह नहीं है कि आप कठोर या समझौता नहीं करने वाले व्यक्ति हैं। वास्तव में आप तालमेल बिठाने और स्थिति के अनुरूप ढलने में माहिर हैं। आप आगे बढ़ते हैं, आप चीज़ों को आज़माते हैं, आप विफल होते हैं, आप अपनी रणनीति बदलते हैं, आप फिर से प्रयास करते हैं।

आप नएपन के लिए उत्सुक हैं, उससे डरते नहीं हैं। यही आपको प्रगति करने और अपने आपको सुधारने में मदद करता है। ऐसा नहीं है कि आपमें ख़ुद को नियंत्रित करने की सनक है, बल्कि आपको हमेशा इस बात का ध्यान रहता है कि आपके पास अभी भी एक विकल्प है। डर के मारे जितना जानते हैं, उसी से चिपके रहने के बजाय आप नवीनता अपनाते हैं, खोज करते हैं, कुछ रचते हैं और जोख़िम उठाते हैं। विडंबना यह है कि जीवन जीने का यह तरीक़ा वास्तव में आसान और कम चिंताजनक है।

'कहीं ऐसा नहीं हो...' को सिर ना उठाने दें

प्रतिक्रियाशील : मुझे अमुक-अमुक जगह जाना है... लेकिन यदि ऐसा... ऐसा हो गया तो... और फिर शायद... और फिर मुझे लगता है कि...

सक्रिय : मैं यह चाहता हूं और इसके लिए मैं उस दिशा में क़दम उठा रहा हूं... *अभी।*

चिंता या व्यग्रता के लक्षण हैं बहुत अधिक चिंतन-मनन, अंतहीन और निरर्थक किंतु-परंतु और 'कहीं ऐसा ना हो...' के विचार। प्रतिक्रियाशील मानसिकता में हम इन्हीं विचारों के आस-पास घूमते रहते हैं। हम ऐसी बातें कहते हैं :

> 'अगर मेरे पास इस समय थोड़ा अधिक पैसा होता तो...'
> 'अगर मेरी परवरिश बेहतर ढंग से हुई होती तो...'
> 'एक न एक दिन मैं अपना बड़ा सपना पूरा करूंगा...'
> 'सर्दियां ख़त्म होती ही मैं सोचता हूं... की यात्रा पर निकल जाऊं...'

वास्तव में, ये बेतुके बहाने हैं, दिवास्वप्न से अधिक कुछ नहीं हैं, जिनकी कोई मंज़िल नहीं होती। यह केवल मानसिक हलचल है जिससे वास्तविक दुनिया में कुछ महत्त्वपूर्ण हासिल नहीं होता, उल्टा चिंता और परेशानी को आप अपने नज़दीक बुलाते हैं। तो, तय कर लें कि इस तरह से 'अगर' या 'एक दिन' का उपयोग कभी नहीं करेंगे। यदि आप ईमानदारी से विचार करेंगे, तो आप पाएंगे कि इस भाषा के पीछे अक्सर टालमटोल, भय, परहेज़, या एक उम्मीद दबी होती है कि एक दिन कोई भागकर आएगा और आपकी जान बचा लेगा।

निश्चित ही, आपसे कोई यह नहीं कह रहा है कि बड़े मंसूबे बांधना छोड़ दें लेकिन, यदि आप जो चाहते हैं, उसे पाने के लिए जीवन में सक्रिय क़दम उठाने के *बजाय* दिवास्वप्न देखने में लगे हुए हैं, तो आप अपना नुक़सान कर रहे हैं। सपने देखना और ब्लू-स्काई थिंकिंग (आउट ऑफ़ द बॉक्स सोचना) उद्देश्यपूर्ण कार्रवाई को प्रेरित करने के लिए ईंधन का काम करती है-कार्रवाई के बिना ये केवल मनभावन कहानियों की तरह हैं, जो आप अपने आपको सुनाते हैं, इसके कारण आप जहां हैं, वहीं रह जाते हैं।

इसी विचार को ध्यान में रखते हुए आइए देखें कि ऐसे कौन-से छोटे-छोटे क़दम हैं, जिन्हें हम तुरंत उठा सकते हैं।

और दोषारोपण या शिकायत नहीं

मौसम का रोना। दफ़्तर में आपको परेशान करने वाले व्यक्ति के बारे में गॉसिप करना। परिवार के किसी सदस्य की बुराई परिवार के ही किसी दूसरे सदस्य से करना। किसी मित्र से दस मिनट तक अपने इस पागलपन पर बातें करते रहना कि आपको ओवरस्पीडिंग के कारण बेवजह ही जुर्माना देना पड़ गया। ऐसी और भी कई बातें होती हैं, जो हम सब करते हैं।

पहला क़दम सजग रहना है। जब भी आपको महसूस हो कि आप किसी की शिकायत कर रहे हैं या किसी को दोष दे रहे हैं, तो अपने मन की आंखों में एक बड़े-से लाल स्टॉप साइन की कल्पना करें और ख़ुद को रुकने के लिए कहें। समय का एक स्थान बनाएं। उस स्थान पर, इस तथ्य से अवगत रहें कि आपके पास एक विकल्प है। फिर, इस सवाल का जवाब चुनें : मैं कौन-सा एक्शन ले सकता हूं? गहरी सांसें लेते रहें और ध्यान दें आप कितना शांत और नियंत्रित महसूस करते हैं।

आप एक शिकायत पुस्तिका (कंप्लेंट्स जर्नल) बना सकते हैं जिसमें आप अपनी सभी ग़लतफ़हमियों, चिंताओं और डर को दर्ज कर सकते हैं, लेकिन शर्त यह है कि आप उसमें जो कुछ भी लिखते हैं, उस पर दिन के अंत में विचार किया जाना चाहिए। आपको समस्या के समाधान की दिशा में एक ठोस कार्रवाई करने की आवश्यकता है। आप जल्द ही यह समझना सीख जाएंगे कि शिकायत करना कितना निरर्थक है और इस प्रक्रिया में आप अपने आपको सशक्त बना लेंगे।

अब कोई प्रतिकार नहीं, केवल प्रत्युत्तर

तत्परता से ध्यान दें कि आख़िर किस वजह से आप चिंतित हैं, आपको ऐसा क्यों लगता है कि स्थितियां बेक़ाबू हैं। ठहरें और इन्हें कहीं लिख लें। उदाहरण के लिए, 'इस साल के अंत तक मैं नौकरी गवां सकता हूं।' जैसे ही आप अपने डर को काग़ज़ पर लिख लें, तो उन्हें पढ़ें और उन्हें स्वीकार करें।

उनके बारे में जो महसूस हो रहा हो, उसे स्वीकार करें। फिर, एक्शन लें। नीचे, जितने विकल्प और अवसर आपकी समझ में आ रहे हों, उतने लिखें। यदि आपका ध्यान किसी और चिंता या डर की ओर लगा हुआ है, तो इसे एक अलग पृष्ठ पर लिखें और इस प्रक्रिया को दोहराएं, साथ ही अपनी *उस* चिंता के समाधान के लिए संभावित विकल्प भी खोजें।

आप पाएंगे कि जब आप अपने दिमाग़ को विकल्पों और संभावित समाधानों के प्रति विचार करना सिखाते हैं, तो इससे वास्तव में आपको शांति मिलती है, आप निश्चिंत होते हैं, सशक्त बनते हैं। और इस वजह से आप शायद आप नए उद्यमों के लिए प्रेरित और उत्साहित भी होते हैं।

दिन में सपने देखना बंद, बहानेबाज़ी भी नहीं

अपने आप को समझाएं कि दिवास्वप्न यानी दिन में सपने देखना उतना रोमांचक या दिलचस्प नहीं है जितना कि वास्तव में आप जो जीवन चाहते हैं उसे बनाना। तो, एक बार फिर सजगता के साथ शुरुआत करें और ध्यान दें कि आप किस भाषा का उपयोग करते हैं और आप अपने जीवन के बारे में क्या-क्या बोलते हैं। ध्यान दें कि क्या आप अक्सर अपने आप से ऐसी बातें कहते हैं :

> 'आह, मुझे प्रोफ़ेशनल मसाज थेरेपिस्ट बनना अच्छा लगेगा, लेकिन मेरे पास ना तो मेरे पास ट्रेनिंग है ना कोई साधन...
>
> 'वाह, मुझे भी ऐसे घर में रहने की इच्छा है! काश!'
>
> 'काश, मैंने बचपन में घुड़सवारी नहीं छोड़ी होती।'

आपको समझ में आ जाएगा कि इस तरह के वाक्य बेहद निष्क्रिय और प्रतिक्रियाशील (रिएक्टिव) हैं। यदि आप स्वयं को ऐसी बातें कहते हुए पाते हैं, तो ठहरें और ध्यान से सोचें। आप *तत्काल* इन बहानों, दिवास्वप्नों और पछतावे को किस तरह लाभदायक एक्शन में कैसे बदल सकते हैं? हो सकता है कि आप ठीक-ठीक पता लगा सकें कि एक प्रोफ़ेशनल मसाज थेरेपिस्ट बनने के लिए कौन-सी ट्रेनिंग लेनी होगी, या आप इस बात पर गंभीरता से विचार कर सकते हैं कि अपने सपनों के घर को कैसे साकार किया जाए। हो सकता है कि आप उसी सप्ताहांत में घुड़सवारी के लिए बुकिंग कर लें। अक्सर, हम इस तरह से इसलिए नहीं करते, क्योंकि वास्तव में हमारे पास कोई विकल्प नहीं होता, बल्कि केवल इसलिए कि हम आश्वस्त हो चुके हैं कि स्थिति ऐसी ही रहनी है। कितनी ही चिंताएं, पछतावे, भय और आक्रोश रातों-रात ग़ायब हो जाएं, यदि लोग उन्हें समाने लाएं और जो वे चाहते थे, उसे पूरा करने के लिए ठोस कार्रवाई करें।

मानसिक दूरी बनाकर दृष्टिकोण बनाएं

तो, अपने रास्ते से हम शिकायत, प्रतिकार और दिवास्वप्नों को हटाकर जो चाहते हैं उसको पाने के लिए शांतचित्तता और सक्रिय मानसिकता को

प्रोत्साहित कर सकते हैं : इसके लिए अपने लक्ष्यों की दिशा में एक्शन लेना होगा। मानसिक 'दूरी' एक और अच्छा तरीक़ा है जिससे शांत और निश्चिंत रवैया आपके सही मनोवैज्ञानिक परिप्रेक्ष्य के साथ-साथ चल सकता है।

ऊपर दिए गए सक्रियता संबंधी सेक्शन में हमने देखा कि चुनने और नियंत्रण लेने में वास्तव में तभी सक्षम हुआ जा सकता है, जब हम जो कर रहे हैं, उसके बारे में पर्याप्त रूप से जागरूक हों। यदि हम भावनाओं में बह गए, उत्तेजित हो गए और अचानक अनियंत्रित प्रतिक्रियाओं में उलझ गए, तो हम प्रतिक्रियाशील हैं। सक्रिय होने के लिए, हमें उस भावना से थोड़ी दूरी बनानी होगी, जो हमें घेरे हुए है। हमें एक क़दम पीछे हटना पड़ेगा, और वहां से स्पष्ट तसवीर देखनी होगी कि हमारे पास कौन-से विकल्प हैं, हम आगे क्या करना है।

चिंताग्रस्त = तीव्र भावना में जकड़ा हुआ

शांत = उस भावना से ऊपर और बाहर क़दम रखने में सक्षम

वास्तव में, आप काफ़ी हद तक यह कह सकते हैं कि किसी मुद्दे को लेकर आप जिस चिंता का अनुभव करते हैं, वह सीधे तौर पर इस बात पर निर्भर करती है कि आप उसके कितने 'क़रीब' हैं। एक क्षण के लिए अपने आपसे और अपनी भावनाओं से बाहर निकलकर मुद्दे पर दूर से नज़र डालने से ना केवल आपको समस्या को हल करने में मदद मिल सकती है, बल्कि तब आपको यह मामला कुछ कम संकटपूर्ण लगेगा! और फिर, जैसे ही आप शांत हो जाते हैं, तो आप प्रतिक्रियाशील होने के बजाय अधिक आराम से, सजग होकर एक्शन ले सकते हैं। बहुत बढ़िया! तो हम अपने अंदर मनोवैज्ञानिक दूरी की यह भावना कैसे जगाएं? क्या इसका मतलब यह है कि हम अपनी भावनाओं को सुन्न कर लें, या जब हम ऊंचाई से हर परिस्थिति को देखें, तो हमारे जीवन का तूफ़ान शांत हो जाएगा है? शुक्र है, नहीं!

आत्ममंथन मन की बकबक नहीं

इससे पहले कि हम आगे बढ़ें, इस पर ध्यान देना ठीक होगा कि मनोवैज्ञानिक दूरी क्या नहीं है। हमारी आंतरिक आवाज़ हमारे लिए एक

महत्त्वपूर्ण सहयोगी हो सकती है, जो हमें विश्लेषण करने, विचार करने, विकल्पों को परख़ने, व्याख्या करने, याद रखने और योजना बनाने में मदद करती है। लेकिन शायद आपको यह बताने की ज़रूरत नहीं है कि अपने आप से तरह तरह की बातचीत फ़ायदेमंद नहीं होती है। मानसिक बकबक व्यर्थ है और चिंता को बढ़ाती ही है। कैसे जानें कि यह मानसिक बकबक है :

- यह एक गोल-गोल घूमती रहती है, यह चक्र रुकता नहीं है
- यह प्रायः नकारात्मक/निराशावादी होती है
- यह आपकी मदद करने के बजाय आपको समस्याओं को सुलझाने से रोकती है
- यह आपको विचलित और अलग-थलग महसूस कराती है
- यह अतीत या भविष्य पर आधारित रहती है, ना कि वर्तमान पर
- सबसे ज़रूरी बात यह है कि यह लाभदायक एक्शन को रोककर चिंता को बढ़ाती है

इस सूची को पढ़कर आप शायद समझ सकते हैं कि चिंतित होना और नकारात्मक आत्म-चर्चा एक ही है। हममें से बहुत से लोग मनोवैज्ञानिक दूरी हासिल करने का प्रयास करते हैं और अनुभव करते हैं कि हम अब भी उसी मानसिक बकबक में उलझे हुए हैं, जो हमें केवल चिंतित और परेशान ही करती है। तो, चलिए अब दूसरे सवाल की ओर मुड़ते हैं - हम किस बात *से* दूरी बनाने का प्रयास कर रहे हैं।

मानसिक बकबक, चिंता और **सजगता की कमी** आत्म-नियंत्रण और कार्यक्षमता को नष्ट कर सकती है। हमारे साथ क्या हो रहा है, हम इस बारे में जितने अधिक अनभिज्ञ रहेंगे, उतने ही कम स्थिति को अपने नियंत्रण में लेने में सक्षम होंगे। (यानी, हम केवल प्रतिक्रियाशील हो सकते हैं, सक्रिय नहीं)। मानसिक दूरी एक ऐसा तरीक़ा है जिससे हम ख़ुद को तीव्र भावनाओं और अपनी मानसिक बकबक से संबंधित विषयों से अलग कर सकते हैं ताकि हम पूछना शुरू कर सकें, 'एक सेकेंड रुको - यह है क्या? मैं यहां क्या कर रहा हूं?'

मानसिक दूरी के बिना हम केवल अपनी ही कहानियों को सु-समाचार के रूप में लेते हैं और कोई रास्ता नहीं देख पाते हैं।

एक ओर हमारे पास है :

चिंता, कम सजगता, कमज़ोर कार्यक्षमता।

दूसरी ओर, हमारे पास है :

शांतचित्तता, सजगता, नियंत्रण और ज़िम्मेदारी।

घबराहट और चिंता हमारे दृष्टिकोण को छोटा कर देती हैं और हम अपने लिए बेहतरीन विकल्प चुनने की क्षमता से वंचित हो जाते हैं, जबकि सजगता हमारे दृष्टिकोण को विस्तारित करती है, हमें स्वस्थ विकल्प चुनने का अवसर देती है। निःसंदेह, यह सुनने में बहुत अच्छा लगता है, लेकिन परेशानी यह है कि जब आप तीव्र भावना के बीच हों, तो सजग और व्यापक दृष्टिकोण का रास्ता ढूंढ़ना आसान नहीं है! आपने संभवतः महसूस किया होगा कि अपनी कमज़ोरियों की तुलना में दूसरों की कमियां तलाशना अधिक आसान होता है। आपके पास दूरी और परिप्रेक्ष्य है, आप जो देख सकते हैं उसे देखने के लिए वे बहुत क़रीब हैं।

ग़नीमत है कि अपने आप में मानसिक दूरी बनाना सीखना संभव है, यहां तक कि उन क्षणों के बीच भी जब हम बहुत व्यग्र या गुस्से में होते हैं।

दूरियों के प्रकार–और उन्हें कैसे बनाएं

एक मज़बूत और मनोरंजक स्थिति में शामिल होने के कई तरीक़े हैं। कल्पना कीजिए कि आप अपने पार्टनर से झगड़ा होने के बाद परेशान हैं। आपका शरीर स्ट्रेस हार्मोन से भरा हुआ है और आपका दिल बहुत तेज़ी से धड़क रहा है, आपके दिमाग़ में तरह-तरह के विचार घूम रहे हैं और आप अस्त-व्यस्त महसूस करते हैं, आप भ्रमित हैं और आपका ध्यान केवल इस बात पर है कि आप कितने आहत और चिंतित हैं। ठीक है, पर अब आगे क्या?

अपनी मदद करने के लिए आप पहली तरह की जो दूरी बना सकते हैं वह है **स्थानिक**, यानी स्थान की दूरी। यह साफ़ है : आप अपने साझा

घर में परेशान और चिंतित हैं, इसलिए कुछ समय के लिए घर से बाहर निकलने और टहलने से आपके दृष्टिकोण में बदलाव आ सकता है, जो कि आप चाहते हैं। लेकिन आपको यही नतीजा कमरे में रहकर ही अपनी शारीरिक स्थिति बदलकर मिल सकता है (जैसे यदि आप लेटे हुए हैं, तो खड़े हो जाएं।) आपको बस, एक अलग स्थान की कल्पना करना है और देखते ही देखते आपका दृष्टिकोण बदल जाएगा।

आप **सामाजिक** दूरी भी बना सकते हैं। यह आपके और किसी अन्य व्यक्ति या लोगों के बीच एक अधिक अमूर्त (विचारों या कल्पना में) दूरी है। उदाहरण के लिए, भले ही आप अपने जीवन-साथी के साथ एक ही घर में रह रहे हों, लेकिन अस्थायी तौर पर, औपचारिक रूप से ब्रेक-अप करने पर भी दूरी का अहसास हो सकता है।

अस्थायी दूरी समय की दूरी होती है। जब हम प्रतिक्रियाशील, चिंतित या तीव्र भावनाओं से व्याकुल रहते हैं, तो समय ठहर जाता है और हम भविष्य के बारे में स्पष्ट रूप से सोचने की क्षमता खो देते हैं। लेकिन, अगर आप अपनी गति थोड़ी धीमी कर सकें और अपने आप को भविष्य के परिणामों की याद दिला सकें या याद रख सकें कि जो क्षण अभी है, वह हमेशा के लिए नहीं रहेगा, तो आप समय रहते अपने आपको व्यवस्थित होने का समय दे पाते हैं। हमने ऊपर जो उदाहरण दिया है उसमें आप अपने आपको समझा सकते हैं, 'ठीक है, इस समय मैं परेशान हूं, मैं अपनी परेशानी के साथ ही सोऊंगा, लेकिन मुझे पता है कि सुबह होते-होते मैं अधिक अच्छे ढंग से सोच पाऊंगा।' इससे आपका दृष्टिकोण विस्तारित होता है और आपको कुछ राहत मिलती है।

और अंत में, काल्पनिक दूरी ही वह स्थान है जो हम अपने लिए यह कल्पना करके बनाते हैं कि हमारे सामने स्थिति संभवतः भिन्न हो सकती है। यह बहुत बड़ी बात है। यदि हम आसानी से स्वीकार कर पाएं कि जो हम वर्तमान में अनुभव कर रहे हैं उससे कुछ अलग अनुभव करने का विकल्प हमारे पास है, तो हम अब एक पल के लिए भी मुसीबत में नहीं फंसे नहीं रहेंगे और विकल्पों, समाधानों या आगे के रचनात्मक उपायों के बारे में सोचना शुरू कर सकते हैं। ऊपर दिए उदाहरण पर एक बार फिर विचार करें तो शायद आप वहां खड़े होकर अपने साथी के साथ ज़ोर-ज़ोर से चिल्ला रहे हों, तभी आपको अचानक अहसास होता है, 'रुक जाओ। *ऐसा करना*

ठीक नहीं। शायद मैं इस झगड़े से किसी और तरीक़े से निपट सकता हूं। शायद मैं शांतिपूर्वक इस मामले में पीछे हटकर कुछ गहरी सांसें ले सकता हूं।' ऐसा करना आपको तुरंत सक्रिय मानसिकता में डाल देगा और आपकी चिंता नाटकीय रूप से कम हो जाएगी।

एक तरह से, सारी दूरी इस अहसास के कारण पैदा होती है कि मौजूदा स्थिति कुछ अलग भी हो सकती है। और आप ही इसे अलग बना सकते हैं!

किसी समस्या पर विचार करने रखने और उसे दूर से देखने से समस्याएं चमत्कारिक ढंग से दूर नहीं हो जातीं या तीव्र भावनाएं ग़ायब नहीं हो जातीं। लेकिन ऐसा करने से आपको इतनी सुविधा मिल जाती है कि आप उन समस्याओं की तुलना में अधिक ताक़तवर बन जाएं ताकि वे आप पर हावी ना हों और निगल नहीं लें। इससे समस्या बदलती नहीं, ना ही समाप्त होती है, लेकिन जब आप इसे अलग-अलग दृष्टिकोण से देखते हैं और कुछ हद तक सजग बने रहते हैं तो, आप समस्या को लेकर तत्काल कुछ राहत महसूस करने लगते हैं, और इस शांति से अधिक विकल्पों के बारे में सोच पाते हैं।

दूरी बनाने के लिए अपनी कल्पना शक्ति का उपयोग करें

किसी भी क्षण में हमारे साथ जो कुछ भी घटित होता है उसकी व्याख्या हम ख़ुद-ब-ख़ुद करने लगते हैं - हम इसके बारे में एक कहानी कहते हैं। लेकिन हम एक अलग कहानी कह सकते हैं।

यदि आप यकायक किसी भारी स्थिति में पड़ जाते हैं (जैसे कि अपने जीवन-साथी के साथ झगड़ा होने लगता है), तो आपको उस समय उससे तुरंत थोड़ी दूरी बनाना पड़ सकता है। लेकिन जैसे ही आप शांत हो जाते हैं, समस्या तब भी आपके साथ बनी रहती है। हम अपनी भावनाओं को थोड़ी देर के लिए भले ही शांत कर लें, लेकिन जैसे ही मामला ठंडा हो जाए, उसके बाद भी हमें धैर्य और ध्यानपूर्वक बुनियादी समस्या से निपटना ज़रूरी होगा। इस मामले में, चुपचाप, अकेले बैठकर विचारपूर्वक समस्या को सुलझाने पर काम करना अच्छा होगा। यहां आपसी दूरी इसमें आपके लिए मददगार साबित हो सकती है।

इस समस्या के समाधान के लिए जर्नल लिखना सबसे अच्छा तरीक़ा हो सकता है। कुछ लोगों को 'पेट रॉक' (एक तरह का खिलौना) से बातें करने या अपनी आवाज़ रिकॉर्ड करने में भी मज़ा आता है। ऐसी जगह पर बैठें, जहां आपको थोड़ी देर के लिए कोई परेशान नहीं करे और फिर नीचे दी गई कुछ तकनीकों को आज़माएं।

किसी मित्र को सलाह दें

जब समस्या किसी और की हो तो, कार्रवाई का सर्वोत्तम तरीक़ा क्या हो सकता है, यह देखना-समझना आसान होता है! अब कल्पना करें कि जो समस्या इस समय आपकी है, वह आपकी नहीं है, इससे आपका कोई मित्र परेशान है। अपना अहंकार और धारणाओं, टकरावों और बहानों को दूर करें और कहानी के तथ्यों को ईमानदारी से देखें। समस्या को जिस तरह से आप देख रहे हैं, हो सकता है कि उसके बारे में आप एकाध पैराग्राफ़ लिखना भी चाहें। तब, पैराग्राफ़ में कोटेशन मार्क्स लगाएं और सचमुच कल्पना करें कि वे शब्द किसी ऐसे व्यक्ति के मुंह से निकल रहे हैं, जिसकी आप परवाह करते हैं। आपकी प्रतिक्रिया क्या होगी? आप समस्याग्रस्त उस व्यक्ति को कौन-सी सलाह देंगे?

यह काम लगता बहुत आसान है, लेकिन बहुत उपयोगी भी साबित हो सकता है, क्योंकि अक्सर निर्णय लेने या बुद्धिमानी से काम करने के रास्ते में डर, इनकार या बहाने हमारा रास्ता रोक लेते हैं। हम कल्पना करते हैं कि हमारी समस्याएं बहुत जटिल हैं और हम परिस्थिति के कुछ महत्त्वपूर्ण पहलुओं को तब तक अनदेखा करने या घुमाने-फिराने पर ध्यान नहीं दे सकते, जब तक कि हम उसकी कल्पना किसी और के नज़रिये से नहीं करें। कभी-कभी ऐसा करना अपने आप में राहत देने वाला हो सकता है, क्योंकि आपको अचानक अहसास हो सकता है कि आपकी समस्या उतनी बड़ी नहीं है, जितना आपने सोचा था।

अपने दूसरे रूप को देखें

माना कि यह तकनीक हर वक़्त कारगर नहीं होगी, और आपकी समस्या वास्तव में बहुत जटिल होगी। यदि ऐसा है, तो एक अन्य तकनीक

आज़माएं, जहां आप कल्पना करें कि आप समस्या के बारे में क्या सोचते हैं – लेकिन भविष्य की दृष्टि से। अपने भविष्य की कल्पना करने से आपको एक अलग दृष्टिकोण मिलता है और आपको याद दिलाता है कि अभी जो हो रहा है, वैसा हमेशा ही होता नहीं रहेगा। अपने दिमाग़ को दुष्परिणामों और संभावित परिणामों की ओर मोड़ें। किसी भी तीव्र भावना का कष्ट कम हो जाने के बाद सोचें कि आपका भविष्य क्या चाहेगा। यदि संभव हो तो अपने अतीत में लिए गए इसी तरह के निर्णयों और उन समस्याओं के बारे में सोचें, लेकिन उनमें एक अस्थायी अंश जोड़ें। हो सकता है कि जब आप ध्यानपूर्वक विचार करते हैं, तो आप पाते हैं कि आप हमेशा अमुक-अमुक काम करते हैं, और फिर कुछ सप्ताह बाद पछताते हैं। अपने भविष्य को ध्यान में रखकर, आप वर्तमान को अधिक सटीकता से मापते हैं। कम से कम, आप यह जानकर राहत की सांस ले सकते हैं कि इस समय जो समस्या है, वह हमेशा बनी रहेगी, ऐसी संभावना कम ही है।

धारणाओं को बदलें

ध्यान यानी मेडिटेशन या माइंडफुलनेस प्रैक्टिस के दौरान आप अपने आपको विचारों को विचारों के रूप में और भावनाओं को भावनाओं की तरह ही देखना-पहचानना सिखाते हैं। आप उन्हें आते और जाते हुए देखते हैं, उनसे जुड़ने का प्रयास नहीं करते। पर, उनके निरंतर प्रवाह के प्रति सजग बने रहने का अभ्यास करते हैं। हालांकि, ऐसा करना सीखने के लिए आपको मेडिटेशन का अभ्यास करने की आवश्यकता नहीं है। केवल संवेदनाओं और धारणाओं पर ध्यान देने की आदत डालें।

> 'मेरा दिल इस समय बहुत तेज़ी से धड़क रहा है।'
>
> 'उसने जो कहा, उससे मुझे बेहद निराशा हुई।'
>
> 'मैं डरा हुआ हूं और जो हो रहा है उससे मुझे नफ़रत है।'

महत्त्वपूर्ण यह है कि इन बातों पर बहस, व्याख्या, विश्लेषण, प्रशंसा या आलोचना किए बिना बस ध्यान दें। आपको उन्हें 'स्वीकार' करने की भी आवश्यकता नहीं है, बस देखें कि वे वहां पर मौजूद हैं, इतना ही करना है।

जैसे ही आप ऐसा कर लेते हैं, तो आप यह देखना शुरू कर सकते हैं कि अब यह आप पर है कि आप उन तटस्थ संवेदनाओं को कैसे देखते हैं और किस तरह उनकी व्याख्या करते हैं। उदाहरण के लिए :

> मेरा दिल तेज़ी से धड़क रहा है > मुझे घबराना चाहिए > मुझे घबराना नहीं चाहिए मैंने इसे पहले हज़ारों बार किया है > अगर मैं घबरा रहा हूं, तो मेरे साथ कुछ गड़बड़ है > वग़ैरह।

यदि आप अपने साथ ऐसा होते हुए देखते हैं, तो आप स्थिति को समझ सकते हैं और संवेदनाओं को अलग-अलग तरीक़ों से फिर से परिभाषित करने का प्रयोग आज़मा सकते हैं, इस प्रकार कुछ दूरी बनाकर परिस्थितियों पर एक अपेक्षाकृत तसल्लीभरा नज़रिया अपना सकते हैं।

शायद आपका दिल इसलिए तेज़ी से धड़क रहा है, क्योंकि आप कुछ नया और रोमांचक कर रहे हैं? शायद आपका दिल तेज़ी से इसलिए धड़क रहा है, क्योंकि आप इंसान हैं और घबराहट पैदा करने वाला कोई काम कर रहे हैं, और ऐसा होना बिलकुल ठीक है? हालांकि, इस तरह की दूरी बनाने करने के लिए ज़रूरी है कि हम पहले धीमी गति से चलें, ध्यान दें कि हम क्या कर रहे हैं, और फिर उन स्थानों पर ध्यान दें, जहां हम अलग-अलग विकल्प चुन सकते हैं।

निष्कर्ष

- जो लोग चिंतित और व्यग्र हैं और जो परेशान नहीं हैं उनके बीच सबसे बड़ा अंतर उनके *सक्रिय* और *प्रतिक्रियाशील* होने के बीच का अंतर हो सकता है। सक्रिय होने का मतलब यह दृष्टिकोण रखना है कि आप अपने जीवन के इंचार्ज और जवाबदार हैं, और दूसरों द्वारा बनाई गई परिस्थितियों पर प्रतिक्रिया करने के बजाय अपनी इच्छानुसार स्थितियां बनाएं।
- इस मानसिकता को बदलने के कई तरीक़े हैं। सबसे पहले, कोई एक्शन लिए बिना दूसरों को दोष देना या परिस्थितियों के बारे में शिकायत करना बंद करने का संकल्प लें। यदि आप निष्क्रिय हैं और ख़ुद को रोता-बिसूरता या दूसरों पर नाराज़ होता हुआ पाते

हैं तो पूछें, *'अपने हालात को बदलने के लिए मैं व्यक्तिगत रूप से क्या कर सकता हूं?'*

- परिवर्तन और कठिनाइयां टाली नहीं जा सकतीं, लेकिन जो स्थितियां हमारे अनुरूप नहीं हैं उनसे परेशान होने के बजाय हम लचीला, रचनात्मक और समाधान उन्मुख होने का अभ्यास कर सकते हैं। इससे व्यग्रता कम होती है।
- हम तब निश्चयपूर्वक सक्रिय हो सकते हैं, जब हम दिवास्वप्न देखना या किसी 'एक दिन' या 'काश' के बारे में सोचना बंद कर दें। इसके बाद, हम स्वयं को सशक्त बनाने के लिए अभी प्रेरित होकर क़दम उठा सकते हैं।
- एक शांत या निश्चिंत और सक्रिय मानसिकता हासिल करने के लिए हम अपने और अपनी किसी भी तीव्र भावना या विचार के बीच कुछ दूरी बनाने का अभ्यास कर सकते हैं। मनोवैज्ञानिक दूरी बना लेने से हमें एक व्यापक दृष्टिकोण मिलता है और हम अपने विचारों को विचारों के रूपों में जानने-समझने में सशक्त होते हैं। इस प्रकार सजग और सक्रिय होकर अपने लिए विकल्प चुन पाते हैं। स्थानिक, अस्थायी या काल्पनिक दूरी बनाकर हम बाहरी घटनाओं की दया पर निर्भर नहीं रहते, बल्कि हमारे पास आंतरिक लोकस ऑफ़ कंट्रोल होता है।
- हमारी कल्पनाएं भी हमें आवश्यक दूरी और स्पष्टता हासिल करने में मदद कर सकती हैं। आप यह कल्पना कर सकते हैं कि आप अपने मित्र को किसी समस्या को नए दृष्टिकोण से देखने की सलाह दे रहे हैं। आप अन्य संभावनाओं और विकल्पों पर विचार करने के लिए अपने किसी अन्य स्वरूप की कल्पना भी कर सकते हैं। अंत में, आप अपनी धारणाओं को नए ढंग से आकार देने का अभ्यास कर सकते हैं। इसके लिए कोई कहानी या कोई निर्णय अथवा राय नहीं जोड़नी होगी, ना ही आपको अपनी सजगता का प्रतिरोध करना होगा। इतना करने भर से आपको शांति मिलेगी, साथ ही एक नए दृष्टिकोण के उभरने का भी अवसर मिलेगा।

2

आराम क्षेत्र से बाहर निकलें

चिंतानिवारक ब्रह्मास्त्र : आत्मावलोकन

पिछले अध्याय में हमने देखा कि कैसे दूरी बनाने से आपको अलग-अलग, बेहतर संभावित दृष्टिकोणों बनाने का प्रयास करते हैं और एक प्रेक्षक के रूप में अपनी शारीरिक, मानसिक और मनोवैज्ञानिक प्रक्रियाओं को देखते हैं, ना कि इनमें उलझे हुए अचेतन भागीदार बने रहते हैं। इस प्रकार की अनासक्ति ने आपको सभी प्रकार के मानसिक स्वास्थ्य से जुड़ी समस्याओं से निपटने वाले एक लोकप्रिय दृष्टिकोण-मेडिटेशन और माइंडफुलनेस प्रैक्टिस (सचेतन अभ्यास) की याद दिला दी होगी।

क्या सचेतनता यानी माइंडफुलनेस आपके जीवन में शांति और निश्चिंतता की भावना पैदा करने में मदद कर सकती है? बिलकुल। हालांकि, 'माइंडफुलनेस' के कई अर्थ हो सकते हैं। इस अध्याय में, हम एक माइंडफुलनेस पर आधारित ऐसी तकनीक का पता लगाएंगे, जो विशेष रूप से भावनाओं को प्रबंधित करने और आपके जीवन में शांति को नियंत्रित करने की भावना जगाएगी। इसे (एक्सेप्टेंस ऐंड कमिटमेंट थेरेपी-एक्ट) स्वीकृति और प्रतिबद्धता चिकित्सा कहा जाता है।

यह शब्द दृष्टिकोण के दो हिस्सों की बात करता है :

- हम उसे **स्वीकार** कर लेते हैं जिसे हम नियंत्रित नहीं कर सकते।

- हम अपने जीवन को बेहतर बनाने के लिए दो कुछ कर सकते हैं, उसे करने के लिए **प्रतिबद्धता** दिखाते हैं।

कार्रवाई के प्रति स्वीकृति और प्रतिबद्धता दोनों आपको अपने विचारों और भावनाओं-यानी आपके जीवन अनुभवों को सक्रियता से प्रबंधित करने की अनुमति देते हैं। ये ऐसे कौशल हैं जिनके मूल में सचेतनता है और वे आपके इच्छित जीवन को बनाने में मदद करने के लिए मिलकर काम करते हैं। यानी, वह जीवन जिसमें वह सब सम्मिलित हो, जो आपके और आपके जीवन-मूल्यों के लिए सबसे अधिक मायने रखता है।

एक्ट में, माइंडफुलनेस का संबंध स्पष्ट, जागरूक और वर्तमान पर केंद्रित होने से है। हमारी कार्यपद्धति 'आत्मावलोकन' होती है। इसका अर्थ है कि हमारा वह हिस्सा जो इस समय होने वाली हर घटना के प्रति सजग है। यही वह मेटा पोज़िशन है जो दूरी और दृष्टिकोण बनाने की अनुमति देती है। मेडिटेशन के विपरीत, एक्ट में सचेतनता हमारे कौशलों का एक समूह होता है और हम सचेत क्रिया के माध्यम से दुनिया के साथ मज़बूती से जुड़ते हैं।

हम एक्ट गतिविधियों का प्रयोग दिन-भर में किसी भी क्षण कर सकते हैं, या किसी थेरैपिस्ट के साथ मिलकर लंबी अवधि के लिए अधिक अभिप्रायपूर्वक या फिर दोनों ही तरीक़ों से कर सकते हैं। ये बहुत सरल हैं और आप स्वयं ही इसमें महारत हासिल कर सकते हैं। आपको बस अपनी सचेत 'आत्मावलोकन' को सक्रिय करने की आवश्यकता है। हालांकि, एक्ट का लक्ष्य वास्तव में आपको शांत करना नहीं है, बल्कि, समय के साथ आप अपने मनोवैज्ञानिक लचीलेपन को बढ़ाना सीख जाते हैं। इसका मतलब है कि आपका अवलोकन करने वाला आत्म मज़बूत हो गया है और आप वर्तमान में रहने और अपने मूल्यों के अनुसार कार्य करने में बेहतर सक्षम हैं, जिससे आपके जीवन की गुणवत्ता में वृद्धि होगी। समस्याएं चमत्कारिक ढंग से ग़ायब नहीं होती हैं, बल्कि आप उनसे निपटने के तरीक़े में अधिक लचीले, अधिक प्रतिक्रियाशील और अधिक निपुण हो जाते हैं।

क्या इस पारलौकिक, मेटा, आत्मावलोकन करने का मतलब यह है कि आप जीवन और अपनी भावनाओं से स्थायी रूप से अलग हो गए हैं? वास्तव में इसका उलट होता है! एक्ट दृष्टिकोण अपनाने से, व्यग्रता और

अप्रसन्नता अक्सर 'अनुभवजन्य परहेज़' से आती है, जो अवांछित विचारों, भावनाओं और संवेदनाओं के प्रति आंतरिक प्रतिरोध है। वर्तमान में अपने अनुभव से बचना अस्थायी रूप से काम कर सकता है, लेकिन लंबे समय में विफल रहता है और मनोवैज्ञानिक कष्ट देता है। विरोधाभास यह है कि उस पल में तीव्र संवेदनाओं, विचारों और भावनाओं से कुछ दूरी हासिल करके हम वास्तव में उन्हें देखने, उन्हें स्वीकार करने और एक्शन लेकर उनके साथ काम करने में सक्षम होते हैं। इस तरह हम जीवन से *अधिक* जुड़ते हैं। इस दृष्टिकोण के अनुसार, माइंडफुलनेस का उपयोग उदात्त बने रहने और अनुभव से दूर रहने के लिए नहीं किया जाता है, बल्कि आपको वर्तमान क्षण और उसमें आपके द्वारा अनुभव की जाने वाली हर बात के साथ स्वस्थ और स्थायी सचेत संपर्क में लाने के लिए किया जाता है।

एक्ट में, छह 'आधारभूत प्रक्रियाएं' हैं जिन्हें आप जीवन को प्रबंधित करने और मनोवैज्ञानिक लचीलापन बनाने में मदद करने के लिए टूलकिट में साधन के रूप में उपयोग कर सकते हैं। प्रक्रियाएं ओवरलैप होती है। आइए, प्रत्येक पर वास्तविक जीवन के उदाहरण के आधार पर विचार करें (और यह हमेशा वास्तविक जीवन पर लागू होता है!)।

वर्तमान से संपर्क करना

पढ़ने-सुनने में गंभीर लगता है, लेकिन यह केवल आत्मावलोकन में सचेत और सजग रहना है, ना कि बिना सोचे-समझे संवेदनाओं में बह जाना या अनुभवों में फंस जाना (यानी, प्रतिक्रियाशील होना)। यहां हमारे पास वर्तमान के प्रति संपूर्ण वास्तविक सजगता है। हम ग्रहणशील, जीवंत और सतर्क हैं। एक्ट में आपके पास केवल वर्तमान है-भविष्य आया नहीं है, और अतीत बहुत पहले ही जा चुका है। जीवन के साथ जुड़ने और चुनाव करने की हमारी सारी शक्ति यहीं वर्तमान में टिकी हुई है, इसलिए हम यहीं पर अपना ध्यान केंद्रित करते हैं!

यहां तक कि अगर आपका ध्यान यानी मेडिटेशन में बिलकुल भी रुचि नहीं है, फिर भी आप इंद्रियों के माध्यम से वर्तमान में लाने वाली ग्राउंडिंग तकनीकों का अभ्यास करके बहुत कुछ हासिल कर सकते हैं। आपका दिमाग़ भविष्य या अतीत की ओर भाग सकता है, या काल्पनिक

कहानियों और आशंकाओं से ख़ुद को डरा सकता है। पर, आपका शरीर केवल एक ही स्थान पर हो सकता है - वर्तमान में। इसलिए, जब आप अपने शरीर से जुड़ते हैं, तो आप अनिवार्य रूप से वर्तमान से जुड़ते हैं। आपका शरीर आपका आधार है, या यूं कहें कि आपके पास पांच आधार हैं : दृष्टि, ध्वनि, गंध, स्वाद और स्पर्श।

आप जब चाहें ग्राउंडिंग तकनीकों का अभ्यास कर सकते हैं, चाहे वह चिंता या व्यग्रता के चक्र से बाहर निकलना हो या बस व्यायाम करने या सलाद खाने के समान एक स्वस्थ अभ्यास के रूप में हो। 5-4-3-2-1 तकनीक आज़माएं, जहां आप उन पांच चीज़ों में डूबने के लिए ठहरते हैं, जिन्हें आप देख सकते हैं, फिर चार चीज़ों को आप सुन सकते हैं, तीन को आप छू सकते हैं, दो को आप सूंघ सकते हैं और एक को आप चख सकते हैं। सही-सही विवरण अनावश्यक है। मायने केवल यह रखता है कि आप अपनी इंद्रियों का उपयोग करके वर्तमान क्षण में पूरी तरह से डूब जाते हैं। आप स्वचालित रूप से अपने आप को व्यग्र करने वाले चिंतन से दूर कर लेते हैं, अपने आप को दूरी उपलब्ध कराते हैं और विचारों और भावनाओं को देखने में सक्षम हो जाते हैं कि वे वास्तव में क्या हैं।

उदाहरण के तौर पर कल्पना करें कि डॉक्टर ने पाया है कि आपको स्टेज 3 कैन्सर है। आपको ऐसा महसूस होता है जैसे आपको किसी बस ने टक्कर मार दी हो। अपनी टूलकिट से पहला टूल या युक्ति यह निकालनी है कि *आप यह जान लें कि आप बस एक अनुभव प्राप्त कर रहे हैं।* आप शांति से बैठकर अपनी शारीरिक प्रतिक्रियाओं, अपने प्रारंभिक विचारों और अपनी भावनाओं पर ध्यान देकर आत्मावलोकन आरंभ कर सकते हैं। आप गहरी सांस लें। आप बस अपने आस-पास के पल को देखें और उसे आत्मसात कर लें।

संज्ञानात्मक भ्रम

यही वह स्थिति हैं, जहां से हम पीछे हटते हैं और अलग हो जाते हैं। एक्ट में हम अपनी धारणाओं और विचारों को देखना-समझना सीखते हैं कि वे क्या हैं-छवियां, प्रतीक, जानकारियां, कहानियां, यादें और धारणाएं। वे क्या नहीं हैं- संपूर्ण वास्तविकता, नियम-क़ानून या कुछ ऐसा जिसका हम पर पूर्ण नियंत्रण है।

आइए जल्दी से जान लें कि संज्ञानात्मक मेल (कॉग्निटिव फ़्यूजन) का क्या अर्थ है। जब हम कुछ ऐसा व्यवहार करते हैं, मानो हमारे विचार वास्तविकता के समान हैं, तो हम कह सकते हैं कि हम दोनों को आपस में मिला रहे हैं। हमारा मानना है कि हम जो सोचते हैं वह बिलकुल वही है, जो वास्तव में हो रहा है, सौ प्रतिशत सच है, और महत्त्वपूर्ण है। कभी-कभी, मिली-जुली सोच में हम मान लेते हैं कि हमारे विचारों का पालन किया जाना चाहिए या कि वे आदेश हैं। हम सोचते हैं कि हमारी विचारहीन धारणा बुद्धिमानीपूर्ण या सर्वज्ञ है।

जबकि, सच्चाई यह है कि हम जिस चीज़ को प्रतीक के तौर पर देखते हैं, उस प्रतीक और उस वास्तविक चीज़ में अंतर होता है। जब यह बात समझ लेते हैं कि किसी परिस्थिति के बारे में हमारा विचार और परिस्थिति दो अलग-अलग बाते हैं, तो हम तनावरहित हो जाते हैं, शांत हो जाते हैं। हमें अहसास होता है कि हम ख़ुद को एक कहानी बताने के लिए एक ऐसी भाषा का उपयोग कर रहे हैं, जिस पर हम निर्विवाद रूप से विश्वास करते हैं। डिफ़्यूज़िंग यानी शांत होने का मतलब यह नहीं है हम दुनिया जैसी नहीं है, उसकी वैसी ज़बर्दस्ती कल्पना कर रहे हैं, बल्कि, अपने विचारों को वास्तविकता के साथ मिलाने की प्रक्रिया को पूर्ववत कर रहे हैं। उसी तरह जैसे 'सेब' शब्द सेब नहीं है, किसी स्थिति के बारे में हमारा विचार स्थिति नहीं है।

हम अपने उदाहरण की बात करें तो, हम बहुत चिंता और उदासी में फंस सकते हैं और निराशा, हताशा या क्रोध में उलझ सकते हैं। लेकिन अगर हम वर्तमान में बने रहकर अपने अंदर स्थिर रहें, तो हमें दृष्टिकोण प्राप्त हो सकता है। हम अपने अनुभवों से *भीतर ही* उलझते रहने के बजाय उनसे *बाहर* निकल सकते हैं। यह,'मैं इस समय बहुत भ्रमित हूं,' के बजाय 'आख़िर मैं क्या करने जा रहा हूं?' कहने जितना ही आसान हो सकता है।

स्वीकृति

यह, वर्तमान क्षण में हम जो पाते हैं, उसकी अनदेखी करना या उससे सहमत होना *नहीं* है। बल्कि, स्वीकार कर लेना है कि जो हो रहा है, वह वास्तव में हो रहा है। हम इसका विरोध नहीं करते, इसके साथ बहस नहीं करते,

इसका अस्तित्व नहीं होने का दिखावा नहीं करते, हम बस इसे वैसा ही रहने देते हैं, जैसा यह है। किसी चीज़ को स्वीकार करने का मतलब उसे पसंद करना या समझना नहीं है। केवल यह है कि हम खुले तौर पर और स्पष्ट रूप से सहमत हैं कि यही हमारी वास्तविकता है।

एक अधिक उपयोगी शब्द 'विस्तार' हो सकता है। हम जो है बस उसके लिए जगह बनाते हैं। कल्पना करें कि आप बस इस बात को लेकर सजग हो रहे हैं कि क्या हो रहा है, मानो आप एक एलियन हों, जिसने पहले कभी उस चीज़ का अनुभव नहीं किया था और जिसकी कोई यादें, अपेक्षाएं, धारणाएं या डर नहीं थे। आपने बस वही देखा, जो देखा था। कुछ एक्ट प्रैक्टिशनर किसी अनुभूति में 'सांस लेने' (ब्रीदिंग इनटु) की सलाह देते हैं। हो सकता है कि आपने सीने में जकड़न महसूस की हो। आप इस अनुभूति के लिए जगह कैसे बना सकते हैं और इसमें सांस कैसे ले सकते हैं?

इसकी व्याख्या करने के बजाय ('आप तनावग्रस्त हैं'), इसका प्रतिरोध करें ('ओह, यह कुछ भी नहीं है'), या घबरा जाएं ('क्या मेरे दिल में कुछ गड़बड़ है?'), आप बस जगह बना लें। आप अनुभूति, तापमान, विभिन्न भावनाओं और वे कहां और कैसे घटित होती हैं, इस पर ध्यान देते हैं। आप इस जागरूकता में सांस लेते हैं, इसका विस्तार करते हैं।

अपने इस मामले में हम यह सोचने के लिए उत्सुक हो सकते हैं, 'ज़रा धीरज रखो, तुम इस मामले को लेकर बहुत अधिक नाटकीय अंदाज़ में व्यवहार कर रहे हो,' या 'हिम्मत मत हारना,' या यहां तक कि यह भी कह सकते हैं, 'तुम अधिक चिंतित क्यों नहीं हो? तुमको नकारना होगा। तुम ये सही नहीं कर रहे हो...'

इसके बजाय, हम बस यह स्वीकार कर सकते हैं कि बिना किसी निष्कर्ष पर पहुंचने या कुछ भी सुधारने या असहज संवेदनाओं से बचने की ज़रूरत के बिना हम जैसे हैं, बस वैसे हैं। दरअसल, जब आप इस तरह से अपनी संवेदनाओं के विरुद्ध संघर्ष करना बंद कर देते हैं, तो आप अक्सर उन्हें आगे बढ़ने की अनुमति देते हैं, और उनका आप पर अधिक नहीं, कम ही प्रभाव पड़ता है।

अवलोकन करने वाला स्व

आपका एक हिस्सा इस संसार में है, जो तरह-तरह के अनुभव ले रहा है। आपका एक हिस्सा ऐसा भी है, जो इससे बाहर है, अपरिवर्तित, गैर-आलोचनात्मक, जागरूक, जिसे नुक़सान नहीं पहुंचाया जा सकता-हम इसे अवलोकन करने वाला स्व कहते हैं। अनुभूतियां और परिवर्तन हम पर हावी हो जाते हैं, लेकिन हमारा एक हिस्सा ऐसा है जो हमेशा अप्रभावित रहता है। जब हम अपने अवलोकन स्वरूप में होते हैं, तो हम यह समझने-जानने के प्रति उदासीन रहते हैं कि कोई भी अनुभव हमेशा के लिए नहीं रहेगा, वह हमें नियंत्रित नहीं करेगा या हमारे लिए ख़तरनाक नहीं होगा। हमारा अवलोकन करने वाला स्व जिज्ञासु, स्पष्ट और जीवन में रुचि रखने वाला है। कभी इसका विरोध नहीं करता या इससे बचता भी नहीं है। यह स्व किसी भी अनुभव या अनुभूति से प्रभावित हुए बिना सब कुछ देख सकता है। इससे कोई फ़र्क़ नहीं पड़ता कि हम क्या अनुभव करते हैं या यह अनुभव कितना तीव्र है, हमारा कुछ हिस्सा हमेशा अलग-थलग रहता है, अप्रभावित रहता है। बिना किसी पहचान के भी अवलोकन करने में सक्षम होता है। यह स्व ही है हमें चयन की शक्ति देता है। यह वह स्व है, जो हमें अपने मूल्यों की पहचान करने और हमारे पास मौजूद क्षणभंगुर अनुभवों की परवाह किए बिना उन मूल्यों के प्रति एक्शन चुनने की सुविधा देता है।

यहां आपकी जागरूकता और आपकी सामान्य मानसिक संज्ञानात्मक प्रक्रियाओं के बीच अंतर करना ज़रूरी है। सजग होना या जागरूक होना विचार करने जैसा नहीं है। सोच-विचार करते समय हमारे दिमाग़ में आइडिया आते हैं, हम यादों में डूबते हैं, अपनी मान्यताओं-विश्वासों आदि में व्यस्त रहते हैं... लेकिन जब हम सजग रहते हैं, तो केवल यह अवलोकन करते हैं कि हमारा बुद्धिमान दिमाग़ किस तरह के विचार बना रहा है। विचार करते समय हो सकता है कि हम यह विश्वास कर लें, मैं दुःखी हूं, सबकुछ वैसा नहीं होना चाहिए जैसा अभी चल रहा है। लेकिन अपने आत्मावलोकन में हम केवल यह ध्यान देते हैं, स्थितियां ऐसी ही हैं। जो लोग अपनी व्यग्रता या एंग्ज़ाइटी से जूझ रहे हैं, उन्हें अक्सर यह अनुभव हो सकता है कि माइंडफुलनेस का अभ्यास उनके लिए कारगर साबित नहीं हो रहा है, क्योंकि उन्होंने रोज़मर्रा के चिंतन-मनन को 'जागरूक' समझ लिया है।

हमारे उदाहरण में, अवलोकन करने वाला स्व अनुभव करने वाले स्व से एक क़दम पीछे हटने में सक्षम है – वास्तव में, दो स्व हैं। एक को अप्रिय, दर्दनाक अनुभव हो रहा है, जबकि दूसरा उस सदमे और दर्द को देख रहा है। 'ऐसा लगता है जैसे मेरा सिर इस समय घूम रहा है। अचानक मेरा शरीर पूरी तरह तनावग्रस्त हो गया है और मुझे लग रहा है कि मैं रो पड़ूंगा। मुझे कोई बुरी ख़बर मिली है और ज़ाहिर तौर पर मुझे तीव्र प्रतिक्रिया मिल रही है...'

अपने मूल्य तलाशें

जागरूकता अपने आप में अत्यंत मूल्यवान है। लेकिन एक्ट की शक्ति यह है कि हम जागरूक हो सकते हैं, और फिर उस जागरूकता को एक बड़े संदर्भ में रख सकते हैं।

> वास्तव में हमारे लिए क्या मायने रखता है?
> हमें सबसे ज़्यादा किस चीज़ की परवाह करते हैं?
> हम किस तरह के लोग बनना चाहते हैं?
> हम इस ग्रह पर क्यों हैं?
> हम किसके उद्देश्य के लिए खड़े होने, कौन-सा निर्माण करने या किस बात का बचाव करने के लिए सबसे अधिक तैयार हैं?
> आपके जीवन को कौन-सी बातें उद्देश्यपूर्ण और अर्थवान बनाती हैं, किस बात से आनंद मिलता है?

हम कहते हैं कि एक्ट हमें एक बेहतर जीवन बनाने में मदद करता है, लेकिन यह हमारे अपने विशिष्ट व्यक्तिगत मूल्य हैं जो हमें यह तय करने में मदद करते हैं कि वह 'बेहतर' वास्तव में कैसा होता है। आपके हृदय में कुछ सिद्धांत और पोषित मान्यताएं हैं जो आपको एक विशिष्ट दिशा में बढ़ने के लिए प्रवृत्त करती हैं ताकि आपको लगे कि आप ईमानदारी और किसी उद्देश्य के साथ जी रहे हैं। लक्ष्य अल्प अवधि के और विशिष्ट होते हैं। जबकि, मूल्य जीवन की एक संपूर्ण तसवीर की दिशा की बात करते हैं।

कभी-कभी, मूल्य विरोधाभासी होंगे, अस्पष्ट होंगे, या बदल भी जाएंगे। तो, कोई बात नहीं। आप पूछते रह सकते हैं, 'इस स्थिति को लेकर

इस समय मेरे मूल्य क्या हैं?' यदि आप अपने आप से बार-बार यह सवाल पूछते हैं, तो आप कभी भी बहुत अधिक नहीं भटकेंगे!

आइए, अपने उदाहरण पर लौटते हैं। समय के साथ, हम सजग होकर अपने आपसे यह कह सकते हैं, 'मैं एक ऐसा व्यक्ति हूं, जो कभी भी डर से संचालित या नियंत्रित नहीं होना चाहता। मैं एक बहादुर व्यक्ति हूं और मैं साहस को महत्व देता हूं। इससे कोई फ़र्क नहीं पड़ता कि मेरी सेहत को लेकर क्या होता है, मैं जानता हूं कि मैं हमेशा दृढ़ और सम्मानित रहना चुन सकता हूं और यही मुझे साहस देता है।'

प्रतिबद्ध कार्रवाई करें

अंत में, जब आपके मूल्य स्पष्ट हो जाते हैं और आप उनके बारे में जागरूक हो जाते हैं, तो आप अंतिम प्रक्रिया से संलग्न हो सकते हैं : प्रतिबद्ध कार्रवाई। नहीं, यह कोई पुरानी नहीं, बल्कि महत्त्वपूर्ण कार्रवाई है। सचेतन प्रेरणा के बिना या निरुद्देश्य कार्य परिणामशून्य और हानिकारक होता है। यदि आप अपने मूल्यों के आधार पर आगे बढ़ने को लेकर पर्याप्त सजग हैं तो आप किसी भी क्षण एक्शन ले सकते हैं। अब यह आप पर निर्भर है कि आप अपने कार्यों को किस तरह आकार और अर्थ देते हैं।

शायद आप निर्णय लेते हैं कि आप अपने कैन्सर निदान के बारे में यथासंभव अधिकतम जानकारी प्राप्त करेंगे, अवगत और सक्रिय रहेंगे और डर और घबराहट को अपने ऊपर हावी होने देने के बजाय अपने स्वास्थ्य के प्रति ज़िम्मेदार रहेंगे। हो सकता है कि आप एक जर्नल बना लें और उसमें अपने डॉक्टर से चर्चा करने के लिए कुछ प्रश्न नोट करें या इस बारे में सजग विकल्प चुनें कि आप अपने निदान के बारे में अपने परिवार से कैसे बात करेंगे।

जैसा कि आप देख सकते हैं, एक्ट दृष्टिकोण जागरूकता और स्वीकृति को जोड़ता है और इसका उपयोग जागरूक, मूल्य-संचालित कार्रवाई को आरंभ करने के लिए करता है, जो वास्तव में आपके जीवन को बेहतर बनाता है। आपका अपने आंतरिक अनुभव और जीवन का रिश्ता ही बदल जाता है। आप स्वयं को अधिक नियंत्रण देते हैं और बाहरी घटनाओं का आप पर पड़ने वाला प्रभाव कम करते हैं। जब आप परिस्थितियों को नहीं

बदल सकते, तो स्वीकृति वाला भाग आपको परिस्थितियों से सामंजस्य बिठाने की अनुमति देता है। जब आप अपनी परिस्थितियों को बदल सकते हैं, तो आप एक सशक्त, सजग स्थिति से ऐसा बदलाव करते हैं और सुनिश्चित करते हैं कि आपके कार्यों से यह प्रदर्शित हो कि अंततः आपके जीवन में क्या मायने रखता है। इसे अपनी रोज़मर्रा की ज़िंदगी में माइंडफुलनेस को अधिक लागू और व्यावहारिक बनाने के साथ-साथ व्यक्तिगत रूप से अधिक सार्थक बनाने का उपाय समझें।

अब, आपको ऐसा लग सकता है कि ऊपर दी गई बातें याद रखने के हिसाब से बहुत अधिक हैं! लेकिन एक्ट दृष्टिकोण को अपने जीवन में तुरंत लागू करने का एक सरल तरीक़ा है : **एक्ट** (ACT) को इस संक्षिप्त रूप में याद रखें :

ए – वर्तमान क्षण में अपने आंतरिक अनुभूति को **स्वीकार (एक्सेप्ट)** करें।

सी – एक महत्त्वपूर्ण दिशा चुनें(चूज)।

टी – उस दिशा में **कार्रवाई करें (टेक एक्शन)**।

उदाहरण के लिए :

ए – स्वीकार करें। ध्यान दें कि आपको दुःख हो रहा है और आपने उन दोस्तों को बाहर कर दिया है जिन्होंने आपको अपने कार्यक्रम से आमंत्रित नहीं किया है। बिना कोई राय बनाए, या परहेज़ के, आत्मावलोकन से इन भावनाओं को स्वीकार करें, विस्तारित करें और गहरी सांस लें।

सी – एक महत्त्वपूर्ण दिशा चुनें। अपने रिश्तों में दया और करुणा को महत्व देना नहीं भूलें। अपने प्रति दयालु रहते हुए क्षमा करना और भूल जाना जैसे जन्मजात मूल्यों को चुनें, भले ही आपके मित्र इन्हें मान्यता दें या नहीं दें।

टी – एक्शन लें। एक मित्र से अस्वीकृत होने पर उन नकारात्मक भावनाओं पर ध्यान देने के बजाय किसी अन्य मित्र से संपर्क करें, या कुछ और करें, जो आपको पसंद हो।

नकारात्मक चिंतन पर प्रभुत्व हासिल करें

अगले अध्याय में हम चिंताजनक विचारों की विषय-वस्तु पर अधिक बारीक़ी से नज़र डालने जा रहे हैं और इन्हें लिखकर देखने वाले हैं कि ये परेशान करने वाले विचार हमें किस बेहतर ढंग से मदद कर सकते हैं। बहरहाल, अभी के लिए आइए अत्यधिक सोचने (ओवरथिंकिंग) की परिघटना को जानें, यानी, नकारात्मक चिंतन। नकारात्मक चिंतन और चिंता साथ-साथ चलते हैं। वास्तव में, आप नकारात्मक चिंतन को चिंता पैदा करने वाला इंजन मान सकते हैं।

आम तौर पर, आपका मस्तिष्क एक अद्भुत उपकरण है, जो आपको समस्याओं को हल करने, नई चीज़ें बनाने और लक्ष्य पहचानने में मदद करता है, ताकि आप उन पर काम कर सकें। सोचना-विचारना अद्भुत होता है। इसने आपके पूर्वजों को सीखने, ख़तरे से बचने और अपने परिवेश का सही मूल्यांकन करने में मदद की। हालांकि, वही मानसिक प्रक्रिया यदि नियंत्रण से बाहर हो जाए तो एक दुःस्वप्न बन सकती है। जैसा कि कहावत है, मन एक अच्छा सेवक है, लेकिन एक ख़तरनाक स्वामी है।

नकारात्मक चिंतन को कैसे पहचानें?

किसी भी विषय के विवरणों पर बार-बार विचार करना, खुद को उलझन में डालना, संभावनाओं पर ध्यान देना, खुद पर हावी होना, सोचना बंद करने की कोशिश करना लेकिन विफल रहना, या काल्पनिक परिदृश्यों या चर्चाओं का पूर्वाभ्यास करना... ये सभी नकारात्मक चिंतन का हिस्सा हैं। हमारा दिमाग़ सोचता है कि इससे मदद मिल रही है, लेकिन यह नकारात्मक विचारों की तब तक जुगाली करता रहता है, जब तक आप तनावग्रस्त नहीं हो जाएं। सामान्य चिंतन और नकारात्मक चिंतन में क्या अंतर है? जानना आसान है : सामान्य चिंतन हमें समस्याओं को हल करने और सीखने-समझने में मदद करता है। नकारात्मक चिंतन किसी काम का नहीं होता है - यह जो कुछ भी करता है, उससे हमें बुरा ही महसूस होता है।

सच तो यह है कि हम सभी कभी-कभी नकारात्मक चिंतन करते हैं। हम सभी अस्थिर विचारों में उलझे रहते हैं। लेकिन हम चुन सकते हैं कि उन विचारों पर कैसे प्रतिक्रिया देनी है। आइए, एक सक्रिय, स्पष्ट और

जिज्ञासु मानसिकता बनाएं और देखें कि आख़िर हमारे नकारात्मक चिंतन की क्या वजहें हो सकती हैं। आम तौर पर दो बातें होती हैं, जिन्हें हम करने का प्रयास कर रहे होते हैं :

- भविष्य की तैयारी
- इतिहास से सबक़

शोध से पता चलता है कि जब हम चिंता करते हैं और किसी विषय पर नकारात्मक चिंतन करते हैं तो हम वास्तव में *अस्थायी* रूप से कम तनाव महसूस करते हैं। चिंता हमें नियंत्रण का भ्रम दे सकती है - हम सोचते हैं कि जितना अधिक हम चिंता करते हैं, अपने भविष्य के परिदृश्य को उतने अच्छे ढंग से तैयार कर रहे हैं, या हमने पिछले परिदृश्य को अच्छी तरह से संसाधित किया है। लेकिन यह राहत एक भ्रम है, और क्षणिक है। क्योंकि वास्तव में इससे किसी उद्देश्य की पूर्ति नहीं होती है।

एक बड़ा संकेत जो आपको बताता है कि आप सोचने के बजाय नकारात्मक चिंतन कर रहे हैं, वह यह है कि आप विचारों के चक्र में गोल-गोल घूम रहे हैं। सामान्य विचार मंथन की शुरुआत और अंत होता है, जबकि नकारात्मक चिंतन एक ही मुद्दे को बार-बार शामिल करता हुआ प्रतीत होता है। अंततः इससे आपको कोई मदद नहीं मिलती है, और इससे कोई नई अंतर्दृष्टि, ज्ञान नहीं मिलता, यानी कि आप इससे कुछ भी नया नहीं सीखते हैं।

नकारात्मक चिंतन का एक स्पष्ट संकेत इसका भावनात्मक आवेग है। सर्वाधिक बुरी स्थिति और सभी भयानक मुद्दों पर ध्यान केंद्रित कर रहे हैं? आप शायद नकारात्मक चिंतन कर रहे हैं। सच है कि बहुत बुरा घटित हो सकता है, लेकिन यदि आपको लगता है कि आप केवल भविष्य में घटित हो सकने वाली सर्वाधिक बुरी बातों पर ही ध्यान केंद्रित कर रहे हैं, संभावित अच्छी या सामान्य बातों को नज़रअंदाज़ कर रहे हैं, तो हो सकता है कि आप नकारात्मक चिंतन कर रहे हैं।

अपने विचारों को चुनौती क्यों नहीं देनी चाहिए?

एक सामान्य तकनीक में, उदाहरण के लिए, संज्ञानात्मक व्यवहार थेरेपी (सीबीटी-कॉग्निटिव बिहेवियरल थेरेपी) में मन में उठने वाले विचारों को

चुनौती देकर उन्हें अधिक सटीक विचारों से बदलने का प्रयास किया जाता है। समस्या यह है कि यद्यपि यह तकनीक बौद्धिक रूप से सही मालूम पड़ती है, लेकिन यह शायद ही कारगर होती है। 'अनुभवात्मक परहेज़' याद है? जब आप अपने आप से बहस करते हैं, तो आप निश्चित तौर पर अपनी वर्तमान वास्तविकता से असहमत होते हैं और जो है उसके प्रति एक आलोचनात्क, असहिष्णु रवैया अपनाते हैं।

आपके मन में जो स्वतः और अनायास उभरता है, आप उसका कुछ नहीं कर सकते। तो, उन *ज़्यादा विचारों* के साथ बहस करने या उनके *विरुद्ध* जाने से क्या लाभ होगा? वास्तव में, बहस या विरोध की यह प्रक्रिया अक्सर एक नई व्यग्रता और नकारात्मक चिंतन चक्र की शुरुआत करती है।

जी हां, हमारे विचार केवल जानकारियां और प्रतीक तथा कहानियां हैं। वे सच हों, ज़रूरी नहीं। लेकिन अगर हम जिज्ञासु और सहानुभूतिपूर्ण अवलोकन की मानसिकता अपना सकें तो हम अपनी आलोचना किए बिना या ख़ुद को कुछ और सोचने के लिए मजबूर किए बिना इन सबके बारे में सजग हो सकते हैं। कम से कम, कभी-कभी 'सही' विचार क्या है, इस पर अपने आपसे बहस करना संभव नहीं होता। आप अक्सर बहुत कुछ नहीं जानते हैं! यदि आप अनजान लोगों के साथ काम कर रहे हैं, तो अपने आप से उस विचार के बारे में बात करने का प्रयास करने का कोई लाभ नहीं होगा, जिसके बारे में आपको लगता है कि आपके पास वैसा विचार होना चाहिए।

इसके बजाय, समझदारी से अंतर करने का अभ्यास करें। स्वयं को चुनौती देने या बहस करने की कोई आवश्यकता नहीं है। यह कोई युद्ध नहीं है। ऐसा नहीं करके शांत, विनम्र और जिज्ञासु बनें और अपने आप से पूछें :

क्या यह विचार किसी भी तरह से मेरी मदद कर रहा है?

मददगार से हमारा मतलब है कि हम जानना चाहते हैं कि क्या यह हमें हमारे लक्ष्य तक पहुंचाएगा। ध्यान दें कि हम यह नहीं पूछ रहे हैं कि विचार सच्चा या अच्छा है। यह कोई नैतिक निर्णय नहीं है। क्योंकि एक विचार सत्य हो सकता है, लेकिन फिर भी बहुत, बहुत अनुपयोगी हो सकता है। इस पर टिके रहना एक ख़राब आइडिया हो सकता है, भले ही यह सौ प्रतिशत

सटीक हो। हममें से बहुत से लोग बहुत सोच-विचार यानी ओवरथिंकिंग में उलझ जाते हैं, क्योंकि हम अच्छे और बुरे के बारे में निर्णय ले रहे होते हैं और शायद इस प्रक्रिया में खुद को नुक़सान भी पहुंचा रहे होते हैं। वैसे, यह कोई उपयोगी पैमाना नहीं है।

उपयोगी बनाम अनुपयोगी पर सवाल उठाना आसान है। यह स्थितियों को धरातल पर लाता है और उन्हें आपके जीवन और आप क्या हासिल करने की कोशिश कर रहे हैं, उसके संदर्भ में रखता है। ठीक वैसे ही जैसे हमने एक्ट पर विचार करते समय किया था, हम एक्शन को एक मानदंड के रूप में उपयोग करते हैं। एक विचार को तब सहायक माना जा सकता है, जब हम इसे अपनाते समय अपने मूल्यों के अनुसार कार्य करने के लिए अधिक प्रेरित होते हैं। यदि कोई विचार हमें प्रोत्साहित करता है, हमें अधिक लचीला बनाता है, हमें भविष्य की योजनाओं पर कार्य करने के लिए प्रेरित करता है, हमें सामना करने में मदद करता है, या हमें कुछ सिखाता है, तो यह मददगार है। हम वास्तव में एक विचार लेना चाहते हैं, उसे स्पष्टता के साथ समझना चाहते हैं, और अपने आपसे पूछना चाहते हैं, *'इससे वास्तव में मुझे क्या मिलने वाला है?'*

कुछ उदाहरणों से बात स्पष्ट हो जाएगी।

एक विचार है : 'मेरी रिलेशनशिप मुझे दुःख दे रही है।' यदि आप यह विचार करें तो परिणाम क्या होंगे? आप दुःखी होंगे, और आपका ध्यान और फ़ोकस अपने इस दुःख की ओर आकर्षित होगा। विचार तो सच है, लेकिन इसके बारे में सोचना वास्तव में सच नहीं है... यदि आप इस विचार से संचालित होते हैं, तो बड़ी संभावना यह है कि आप अप्रसन्नता की भावनाओं के साथ बैठे रहेंगे। आप निराश और निष्क्रिय महसूस करेंगे।

आप यह भी सोच सकते हैं, 'सबकुछ ठीक है, चिंता की कोई बात नहीं है,' और इस मामले में यह विचार, ग़लत और अनुपयोगी होगा! इस विचार से प्रेरित होकर आप अपना शतुरमुर्ग की तरह सिर रेत में दबा लेते हैं और ऐसी रिलेशनशिप में बने रहते हैं जो ठीक से चल नहीं रही है।

और अंत में आप सोच सकते हैं, 'ऐसा लगता है कि मैं अब इस रिलेशनशिप में नहीं रहना चाहता, लेकिन आगे क्या करना है, अभी तक मैंने इसके बारे में नहीं सोचा है। ऐसा लगता है कि मैं निर्णय लेने से डर

रहा हूं।' यह विचार अलग है। यह अप्रसन्नता को स्वीकार करता है, लेकिन समस्या को हल करने और एक्शन लेने की गुंजाइश बनाता है। यह विचार बाक़ी दो की तुलना में बहुत अधिक *उपयोगी* है, क्योंकि यदि आप इसके द्वारा संचालित होते हैं, तो बहुत अधिक संभावना है कि आप कोई एक्शन लेंगे और किसी समाधान पर पहुंचेंगे।

नकारात्मक चिंतन-मनन करने वाले विचार भले ही मददगार लगते हों, लेकिन बारीक़ी से देखें तो मालूम होता है कि वास्तव में ऐसा नहीं हैं। इनसे आपको कोई व्यावहारिक जानकारी नहीं मिलती, ये आगे का रास्ता नहीं सुझाते, ना ही किसी समाधान का संकेत देते हैं। यदि आप अपने विचारों को उनके कार्यान्वयन योग्य अहमियत के संदर्भ में देखना शुरू कर पाएं, तो आप दृष्टिकोण हासिल कर पाने में सक्षम होंगे, अधिक सक्रिय होंगे और खुद को तनाव में डालने का व्यर्थ प्रयास करने के बजाय अपनी सोच, अपने विचार को एक उपकरण के रूप में उपयोग कर पाएंगे।

चलिए, यदि आप कोई समाधान नहीं सोच पा रहे हैं तो क्या होगा? यह पेचीदा सवाल है, लेकिन जवाब साफ़ है : यदि विचार करने से आपकी समस्या का समाधान नहीं होता है तो उस बारे में विचार नहीं करें! हो सकता है कि आप तत्काल कोई समाधान पाने के लिए बहुत अधिक परेशान या भावुक हो जाएं, या आपको धैर्य रखने और स्थिति के थोड़ा बदलने की प्रतीक्षा करना पड़ सकता है। दोनों ही स्थितियों में, नकारात्मक सोच-विचार से आपको फ़ायदा नहीं होने वाला, वास्तव में स्थितियां बदतर भी हो सकती हैं। इस मामले में, एक स्वस्थ अलगाव बनाएं। फिर समस्या पर वापस आएं और इसे नई दृष्टि से देखें। यह टालने या परहेज़ करने के समान नहीं है, आप ध्यानपूर्वक स्वीकार कर रहे हैं कि इस समस्या को हल करना ज़रूरी है, लेकिन आप यह भी समझ रहे हैं कि आप इस समय समाधान खोजने की मानसिक स्थिति में नहीं हैं।

पहले जिस एक्ट की बात की गई है, उस पर लौटते हैं। आप बहुत व्याकुल और परेशान महसूस कर सकते हैं और अपने आपसे कह सकते हैं, "मुझे कुछ नहीं सूझ रहा है। मैं अब ठहरने जा रहा हूं, थोड़ा दम लूंगा और जब तक मेरा दिमाग़ साफ़ नहीं हो जाता, तब तक लंबी दौड़ लगाऊंगा।" यह आपको शांत करने और उस मानसिक स्थिति में ले जाने के लिए पर्याप्त हो सकता है, जहां नकारात्मक चिंतन आप पर हावी नहीं होगा।

आपका मस्तिष्क एक शक्तिशाली समस्या-समाधान मशीन की तरह है। सोचना ही उसका काम है। लेकिन अंततः, आप ही (आपकी चेतना, जागरूकता और इरादे) इसके इंचार्ज हैं। यदि आप किसी ऐसी समस्या के बारे में चिंताग्रस्त हैं, जिसे हल *नहीं* किया जा सकता है, तो अब यह आप पर निर्भर है कि आप अपनी मस्तिष्क मशीन को बंद कर दें, या इसे किसी और दिशा की ओर बढ़ाएं। जब तक इस मशीन को रोका या बंद नहीं किया जाएगा, तब तक यह अनसुलझी समस्या के समाधान के लिए पूरी ताक़त के साथ प्रयास करता रहेगा। लेकिन आप हमेशा अपने उस बड़े हिस्से के साथ यानी अवलोकन करने वाले स्व के साथ जुड़ सकते हैं, और वह नकारात्मक चिंतन करना बंद कर सकते हैं, जिससे आपको कोई लाभ नहीं हो रहा है। यहां स्वीकृति की भूमिका शुरू होती है। इसका मतलब यह हो सकता है कि बदली नहीं जा सकने वाली परिस्थिति को ध्यानपूर्वक ना केवल पहचानें, बल्कि उसे स्वीकार भी करें। हमें अपने मस्तिष्क पर नियंत्रण रखना होगा और कहना होगा, 'धन्यवाद मेरे दिमाग़, लेकिन तुम्हारे समस्या-समाधान कौशल की अब मुझे आवश्यकता नहीं है।'

याद रखें कि अपने विचारों को चुनौती देने या उनसे टकराने की आवश्यकता नहीं है। आपको उन विचारों को रोकने का प्रयास भी नहीं करना है। बल्कि, यह समझ लें कि एक इंसान के रूप में आपके मस्तिष्क में कई प्रकार के विचार आएंगे - उपयोगी और अनुपयोगी, सच्चे और झूठे। लेकिन वे सब केवल विचार हैं। आप हमेशा उनके बारे में सजग रह सकते हैं, ध्यान दे सकते हैं कि क्या चल रहा है, और जब वे आपके सामने आ जाएं तो आप स्वयं चुन सकते हैं कि उनके साथ क्या करना है।

एक उपयोगी विचार आपका मार्गदर्शन कर सकता है, आपको प्रेरित कर सकता है, समाधान के बारे में सोचने के लिए मदद कर सकता है, या आपको सीखने की अंतर्दृष्टि प्रदान कर सकता है।

एक अनुपयोगी विचार आपको एक चक्र में फंसाए रखता है। यह आपकी सजगता को संकुचित करता है और आपको अपनी ही रचना की एक अजीब-सी सुरंग में बांधे रखता है। उस सुरंग के अंदर रहते हुए हमसे ज़रूरी जानकारी चूक जाती है!

हालांकि, शांत, संयमित और नियंत्रण में रहने का मतलब केवल 'अच्छे' विचारों वाला स्पष्ट, बुनियादी मस्तिष्क होना नहीं है। हमारे पास

सामान्य रूप से सभी तरह के विचार और आइडिया होंगे, लेकिन अब हम इस चक्र से बाहर होंगे, इन्हें दूर से देखने में सक्षम होंगे और सजग रूप से चुन सकेंगे कि क्या इनमें से कोई विचार हमारे मूल्यों के अनुसार कारगर हो सकता है, या नहीं। आख़िर, यह जानना कितनी बड़ी आज़ादी है कि किसी विचार के होने भर का कोई *मतलब* नहीं है – यह एक विचार मात्र है!

नकारात्मक चिंतन और ओवरथिंकिंग के चक्र से बाहर निकलने का तरीक़ा अपने उस अवलोकनशील स्व में उतरना और यह महसूस करना है कि हम यह तय कर सकते हैं कि हमारे लिए क्या महत्त्वपूर्ण है। हम अपने विचारों की छान-बीन सकते हैं और जो उपयोगी हैं उन्हें रखकर अनुपयोगी को छोड़ सकते हैं। हम चुन सकते हैं कि हमें किस तरह से कार्य करना है-करना भी है या नहीं करना। हमारी सचेत जागरूकता और एक्शन में हमारी शक्ति निहित है – हमारे विचारों में हमें नियंत्रित करने या फंसाने की क्षमता नहीं है।

सशक्तिकरण के लिए रणनीतियां

विचार का कोई अर्थ नहीं, आप विचार के साथ क्या *करते* हैं, यह मायने रखता है। जैसे ही अनुपयोगी नकारात्मक चिंतन को पहचान लिया जाता है, उसे उन कार्यों में बदला जा सकता है जो आपके जीवन की अहमियत को बढ़ाते हैं, आपकी मदद करते हैं। याद रखें, जब हम संज्ञानात्मक रूप से 'संलग्न' रहते हैं, तो हम मानते हैं कि हमारे विचार सर्व-शक्तिशाली हैं, जो पूर्ण निर्विवाद सत्य के रूप में हम पर शासन कर रहे हैं, हमें उनका पालन करना है। लेकिन यह एक भ्रम है, और वास्तव में इंजार्च तो हम ही हैं। जैसे ही आपको इस बात का अहसास हो जाता है, तो नकारात्मक चिंतन के चक्र से बाहर निकलना और अपने भीतर की गहरी शांति को खोजना आसान हो जाता है। अपनी मानसिकता को बदलने और स्वयं को अपनी शक्ति की याद कैसे दिलाएं, देखिए कुछ तरीक़े।

अपने नकारात्मक चिंतन की जड़ को समझें

निरंतर नकारात्मक चिंतन करने की आदत किसी उद्देश्य की पूर्ति करती है – यह उद्देश्य आख़िर क्या है? यह किस मनोवैज्ञानिक आवश्यकता को

पूरा करता है? आम तौर पर, नकारात्मक चिंतन समस्या को सुलझाने जैसा, और नियंत्रण में रहने जैसा महसूस होता है। कभी-कभी जब हम असहाय या असुरक्षित महसूस करते हैं तो हम इस बुरी आदत पर लौट आते हैं। बाक़ी समय में, हम ओवरथिंकिंग करते हैं, क्योंकि हमारा मानना है कि इससे अनिश्चितता को लेकर हमारी व्यग्रता कम हो जाएगी। कुछ लोगों के लिए, ओवरथिंकिंग मानसिक मनोरंजन का या दूसरों से बेहतर महसूस करने का एक तरीक़ा है। चाहे जो हो, यदि आप यह बता सकें कि नकारात्मक चिंतन आपके जीवन में क्या भूमिका निभाता है, तो आप उस आवश्यकता को अधिक उपयोगी तरीक़े से पूरा करने के लिए क़दम उठा सकते हैं (वही शब्द फिर से है!)। आपको अनिश्चितता और हमेशा नियंत्रण में नहीं रहने की परेशानी को सहन करना सीखने के उपाय खोजने पड़ सकते हैं।

आप सोच सकते हैं कि नियंत्रण गंवाना काफ़ी ख़तरनाक है, लेकिन सच तो यह है कि अपने आप पर थोड़ा-सा विश्वास रखना, दूसरों पर भरोसा करना, या उन बातों को स्वीकार कर लेना जिन्हें आप नहीं जानते या नियंत्रित नहीं कर सकते- इतना करने से आप वास्तव में आपकी व्यग्रता कम हो सकती है। आप धीरे-धीरे दूसरों पर नियंत्रण छोड़कर अपनी सहनशीलता बना-बढ़ा कर सकते हैं (सामान्यतया नहीं, वैसे भी नियंत्रण केवल भ्रम ही है!)।

सहानुभूति और क्षमा करने का अभ्यास करें

हो सकता है कि आप अक्सर अतीत की ग़लतियों, वाद-विवादों, बुरी भावनाओं आदि के बारे में सोचते रहते हों। आप लोगों को माफ़ नहीं कर सकते या बातों को भूल नहीं सकते, और आप अपने जीवन के बुरे दृश्यों को बार-बार याद करते हैं, या तो खुद को दोष देते हैं या दूसरों को दोष देकर बुरे बन जाते हैं। अनेक लोग क्षमा नहीं कर पाते हैं, क्योंकि वे क्षमा को समझने में ग़लती करते हैं : क्षमा का दूसरों से कोई लेना-देना नहीं होता, इसका संबंध अपने आपसे होता है। ना तो ऐसा करने से आपका दर्द दूर भागता है, ना ही अतीत पूर्ववत हो पाता है। लेकिन यह आपको ध्यानपूर्वक उसे मुक्त करने और आगे बढ़ने में मदद करता है। किसी को या ख़ुद को माफ़ करने का मतलब यह नहीं है कि आप भूल गए, और

इसका मतलब यह भी नहीं है कि जो कुछ हुआ उससे आप सहमत हैं या उसका विरोध करते हैं। इसका मतलब यह नहीं है कि जो ग़लत है, उससे आप सहमत हैं या आप अन्याय को नज़रअंदाज़ करना या कम महत्व देना चाहते हैं। इसका सीधा सा मतलब है कि आप सचेत रूप से अपना ध्यान उस जगह पर लगाना चाहते हैं, जहां से आपको मदद मिल सकती है। क्षमा का अन्य लोगों से कोई मतलब नहीं है, यह एक चुपचाप लिया जाने वाला निर्णय है जिसे हम अपने भीतर लेते हैं और जाने देते हैं। हम कहते हैं कि हमें किसी की अनुमति या 'समापन' की आवश्यकता नहीं है।

3 एम रणनीति

अंत में, अपने आप को व्यग्र करने वाले नकारात्मक चिंतन से बाहर निकालने का एक बहुत ही ठोस और व्यावहारिक तरीक़ा है। इसे 3 एम कहा जाता है :

मूव (आगे बढ़ जाएं)
मेक (कुछ बनाएं)
मीट (किसी से मिलें)

कभी-कभी, आप कुछ ऐसा छोटा और तीव्र उपाय चाहते हैं, जो आपको गर्त में ले जाए रहे विचार चक्र से बाहर निकालकर उस मानसिक स्थिति में पहुंचा दे, जहां आप फिर से अधिक सचेत रूप से कार्य करना शुरू कर दें।

सबसे पहले देखें कि क्या जहां हैं, वहां से आगे बढ़ सकते हैं। गियर बदलें और अपने दिमाग़ से बाहर निकलें और कुछ स्वस्थ, शारीरिक गतिविधियों में संलग्न हों, ताकि आप ध्यान बंट सके। जिम जाएं, लंबी सैर पर निकलें, या कुछ मिनटों के लिए घर में नृत्य करें।

आप कुछ रचनात्मक चीज़ बना भी सकते हैं। नकारात्मक चिंतन का गुण है कि यह कमज़ोर और अनुपयोगी मानसिक गतिविधि है जिससे कुछ हासिल नहीं होता। रचनात्मक और उपयोगी गतिविधियों में तल्लीन होकर इसका प्रतिकार करें, यानी, कुछ बनाएं। इससे कोई फ़र्क़ नहीं पड़ता कि यह क्या होगा, बस अपने विचारों में गुम रहने के बजाय दुनिया को कुछ नया देने में व्यस्त रहें। केक बनाएं। कुछ घरेलू काम निपटाएं या फिर कुछ

नए रचनात्मक नुस्खे आज़माएं। कोई पेंटिंग बनाएं, टूटे हुए जूतों की मरम्मत करें, मेज़पोश बुनें या अपनी रसोई की आलमारी को फिर से जमाएं।

और, आप किसी से मिलने का प्रयास कर सकते हैं। नकारात्मक चिंतन बहुत आंतरिक और निजी होता है, और यह पूरी तरह से दूर भी चला जाता है, क्योंकि इसे बाहरी वातावरण द्वारा नियंत्रित नहीं किया जाता है। सामाजिक जुड़ाव आपको व्यावहारिक बनने मदद कर सकता है और आपको दृष्टिकोण दे सकता है, साथ ही आपकी सक्रियता धीमी करके अधिक राहत दे सकता है। आप ख़ुश और तरोताज़ा महसूस कर सकते हैं। यह आपके अपने विचारों से मुक्ति पाने का एक अत्यंत प्रभावी तरीक़ा हो सकता है।

तनाव प्रबंधन के 4 ए

यह ऊपरी तौर पर पीछे दिए गए तीन एम–आगे बढ़ने, कुछ बनाने और लोगों से मिलने जैसा ही है। यह तकनीक तनाव और ओवरथिंकिंग के तूफ़ान में जीवनरक्षक नौका साबित हो सकती है। मेडिटेशन की तुलना में इसे आज़माना आसान है और यह आपको जिंदगी के रोज़मर्रा वाले तनावों पर तुरंत क़ाबू पाने में मदद करेगी। आपको केवल चार तकनीकों को याद रखना होगा : **अवॉइड** (टालना), **ऑल्टर** (बदलना), **एक्सेप्ट** (स्वीकार करना) और **एडाप्ट** (अनुरूप बनना)। यह जानकर आपको राहत मिलेगी कि जीवन के किसी भी तनाव से निपटने के वास्तव में यही केवल ये चार संभावित तरीक़े हैं। यदि संभव हो तो इन्हें किसी ऐसी जगह पर लिख लें, जहां आप उन्हें देख सकें। जब तक कि आप उन्हें अपने दिमाग़ में बिठा नहीं लें और उन्हें याद नहीं कर लें, तब तक इन्हें अपनी नज़रों के सामने रखें।

पहला काम जो आप कर सकते हैं, वह है **टालना**।

यह संदेहास्पद रूप से सरल लगता है, लेकिन ऐसा करके जीवन में बहुत सी परेशानियां हैं जिनसे आप आसानी से दूर जा सकते हैं। हम जीवन में हर चीज़ को नियंत्रित नहीं कर सकते, लेकिन हम अपनी परिस्थितियों को व्यवस्थित कर सकते हैं ताकि हमें तनावपूर्ण माहौल में या तनावपूर्ण लोगों के साथ नहीं रहना पड़े। यदि हम ईमानदार हैं, तो हम देख सकते हैं कि

हमारे जीवन में बहुत सारा तनाव स्वैच्छिक है – और इससे हमारा सहमत होना ज़रूरी नहीं होता है!

इस बारे में सोचें कि आपके परिवेश में ऐसा क्या है, जिससे आपको तनाव हो रहा है और आप इसे कैसे नियंत्रित कर सकते हैं या कैसे इसे पूरी तरह से दूर कर सकते हैं। किसी ऐसे व्यक्ति के बारे में विचार करें जिसे शनिवार की सुबह किराने की दुकान पर जाना इसलिए पसंद नहीं, क्योंकि वहां उस समय बहुत भीड़ होती है। चूंकि भीड़ से उन्हें तनाव होता है, अत: वे अपने शेड्यूल को नए सिरे से तय कर सकते हैं ताकि वह अपनी साप्ताहिक ख़रीदारी शांत समय पर कर सकें – उदाहरण के लिए, मंगलवार की शाम को। यदि आप इसे पूरी तरह से टाल देते हैं तो व्यस्त सुपरमार्केट के तनाव को प्रबंधित करने की कोई आवश्यकता नहीं है।

ठीक इसी तरह आप तनावपूर्ण लोगों से भी बच सकते हैं। क्या आपको लगता है कि जब आपके माता-पिता छुट्टियां बिताने के लिए आपके साथ रहने आते हैं तो आपका तनाव बढ़ जाता है? उन्हें पास के किसी गेस्ट हाउस में ठहराने का रास्ता ढूंढ़े, या ऐसी किसी भी एक्टिविटी की योजना बनाने से बचें, जहां आप एक कमरे में घंटों तक साथ हों और आपके पास एक-दूसरे को तनाव देने के अलावा कोई काम ना हो।

जब आप तनाव से बचते हैं, तो ऐसा नहीं है कि आप दायित्वों से भाग रहे होते हैं या वास्तविक समस्याओं से इनकार कर रहे होते हैं। आप बस उस तनाव को 'नहीं' कहना सीख रहे हैं, जो अनावश्यक और हानिकारक है। हम उन स्थितियों और लोगों को हमेशा नहीं कह सकते हैं, जो हमसे और हमारे संसाधनों से बहुत अधिक मांग करते हैं। वे संसाधन मानसिक ऊर्जा और ध्यान हो सकते हैं, वे हमारा समय भी ले सकते हैं। यदि आपके जीवन में कोई बात आपका सारा समय बर्बाद कर रही है, तो आप 'नहीं' कह *सकते* हैं।

अपनी कार्य-सूची देखें और दो या तीन ऐसी बातों से छुटकारा पाएं जो अत्यावश्यक नहीं हैं और आपकी प्राथमिकता नहीं हैं। लोगों को कार्य सौंपें, या किसी और को ज़िम्मेदारी उठाने दें। आपको यह सब करने की ज़रूरत नहीं है! तो, अगली बार जब आपको किसी तनावपूर्ण स्थिति का सामना होने की आशंका हो, तो अपने आप से पूछें, 'क्या मैं इस स्थिति से बच सकता हूं?' यदि आप बच सकते हों, तो अवश्य बचें। यह ना

केवल स्वस्थ सीमाएं बनाने की दिशा में एक बड़ा क़दम है, यह जीवन को सरल और सुव्यवस्थित करने और अपने मार्गदर्शक मूल्यों के संपर्क में रहने का एक तरीक़ा है। अगर हम ईमानदारी से सोचें तो हमारी अधिकांश चिंताएं और तनाव जीवन के उन क्षेत्रों से आते हैं जिनकी हमें परवाह भी नहीं होती। किसी ऐसी बात पर अपना संतुलन और स्वास्थ्य क्यों बर्बाद करें जो अंततः आपके लिए कोई मायने नहीं रखती या जिसा कोई महत्त्व नहीं है?

यदि आप स्थिति से बच नहीं सकते हैं, तो आपको इसे बदलने के तरीक़े खोजने होंगे, यानी इसमें हेर-फेर करें यानी **बदलें**।

आपके पास हमेशा दूसरों से उनका व्यवहार बदलने के लिए कहने का विकल्प होता है। उदाहरण के लिए, यदि मज़दूर बाहर कोई ऐसा काम कर रहे हैं जिससे बहुत शोर हो रहा है, तो विनम्रतापूर्वक उन्हें एक ज़रूरी फ़ोन कॉल समाप्त होने तक दस मिनट तक रुकने के लिए कहें। चुपचाप पीड़ा सहने के बजाय अपनी आवश्यकताओं और भावनाओं को सीधे संप्रेषित करें। यदि आप अपने मित्र को कभी साफ़-साफ़ यह नहीं बताते हैं कि उसके मूर्खतापूर्ण चुटकुलों से वास्तव में आपको तकलीफ़ होती है, तो आप चुपचाप बैठे रह सकते हैं और इसका खामियाज़ा भुगत सकते हैं। जबकि उसे यह बताना आसान होगा कि उसके चुटकुलों से आपको कैसा महसूस होता है, उसे फूहड़ चुटकुले सुनाना बंद करने के लिए कहें।

हम जीवन में हर तनाव से तो बच नहीं सकते हैं, लेकिन इन घटनाओं को किस तरह से लिया जाए, यह निर्णय करना हमारे हाथ में होता है। लोगों से बात करें, समझौता करें और अपनी ज़रूरतों को साझा करने के लिए 'मैं' शब्द का उपयोग करें और जो आप चाहते हैं, वह मांगें। यदि शनिवार की सुबह किराना दुकान पर जाना ही हो, तो अपने फ़ोन पर एक ऑडियोबुक चला लें और अगर इससे आपको आराम मिलता हो तो ख़रीदारी करते समय इसे सुनें। यदि आप उस अतिरिक्त पीटीए मीटिंग को टाल नहीं सकते हैं, तो इसे उन अन्य कामों के साथ जोड़ने का प्रयास करें जो आप पहले से ही कर रहे हैं, ताकि आप अपना समय, प्रयास और संभावित रूप से अपनी कार के लिए गैस बचा सकें। आप अपरिहार्य स्थितियों को अधिक प्रबंधनीय आकार में लाकर उनमें हेर-फेर के लिए भी बहुत कुछ कर सकते हैं। यदि आपको किसी उबाऊ पार्टी में जाना ही पड़े, तो जाएं लेकिन पहुंचते

ही साफ़-साफ़ बता दें, 'दुर्भाग्य से मुझे एक घंटे में ही जाना होगा। कल काम पर जल्दी जाना है!'

मेडिटेशन में हम तनावपूर्ण और परेशान करने वाले विचारों को सामने आते हुए देखते हैं और उन पर अपनी कैसी प्रतिक्रिया देनी है, इसको लेकर सजग रहते हैं। लेकिन वास्तव में सावधानीपूर्वक बचाव और प्रबंधन के साथ हम क़दम उठाकर अपने जीवन में बदलाव ला सकते हैं, ताकि तनावपूर्ण विचारों को सामने आने का उतना मौक़ा नहीं मिले। हम एक ऐसी जीवनशैली का निर्माण कर सकते हैं, जो अपने आप में कम से कम तनावपूर्ण हो – या कम से कम यह सुनिश्चित करें कि जो तनाव बना रहता है, वह वास्तव में वाजिब हो।

यदि आप किसी तनाव से बच नहीं सकते, तो अपने आपसे सवाल पूछें कि आप इसे बदलने के लिए क्या कर सकते हैं।

यदि आपका जवाब 'ज्यादा नहीं' है, तो आपको एक क़दम आगे बढ़कर इसे **स्वीकार** करना पड़ सकता है।

आप उस स्थिति को कैसे स्वीकार करते हैं जो आपको नापसंद है? पहली बात, यदि आप इसे नापसंद करते हैं, तो आप इसे नापसंद ही करते हैं। स्वीकृति का मतलब यह दिखावा क़रना नहीं है कि आप वैसा महसूस नहीं करते, *जैसा* आप महसूस करते हैं, यह एक स्वीकृति है कि ऐसा महसूस करना ठीक है। अपनी भावनाओं को मान लें और उन पर अधिकार बनाए रखें। उदाहरण के लिए, आपके प्रेमी ने हाल ही में टेक्स्ट मैसेज देकर आपसे संबंध तोड़ लिया है, और उसके इस निर्णय के बारे में कुछ कर पाना आपके बस में नहीं है। लेकिन आप अपने किसी मित्र से फ़ोन पर अपनी भावनाओं को साझा करके इस स्थिति को स्वीकार करने की दिशा में आगे बढ़ सकते हैं। यदि स्थिति ऐसी है जिसमें आपके साथ अन्याय हुआ है, तो स्वीकार करना, उसे माफ़ करने का रास्ता खोजने की कोशिश बन सकती है। याद रखें कि माफ़ करना एक ऐसा भाव है जो आप अपने लिए करते हैं, दूसरे व्यक्ति के लिए नहीं। जब आप माफ़ कर देते हैं, तो आप तनाव और आप अपने आपको क्रोध करने और दूसरे व्यक्ति को दोष देने की ऊर्जा से मुक्त कर रहे होते हैं।

स्वीकृति हमारे द्वारा घटनाओं को देखने के तरीक़े में छोटे-मोटे बदलावों के बारे में भी हो सकती है। हम स्वयं तो घटनाओं को नहीं बदल

सकते, लेकिन हम यह देख तो सकते हैं कि हम अंदर से उनके बारे में किस तरह से बात करते हैं और किस भाषा का उपयोग करते हैं। उदाहरण के लिए, ''मेरा कोर्स पूरी तरह से विफल रहा और मैंने अपना पैसा बर्बाद किया। मैं इतना मूर्ख हूं कि मैं अच्छी तरह से मेहनत नहीं कर पाया,'' यह कहने के बजाय, आप कह सकते हैं, ''मैंने ग़लती की है और मैं इससे ख़ुश नहीं हूं। लेकिन, इस घटना से मेरी वास्तविकता का पता नहीं चलता। मैं ग़लतियों से सीख सकता हूं और आगे बढ़ सकता हूं। मैं अगली बार बेहतर प्रदर्शन कर सकता हूं।''

स्वीकार करने का मतलब यह नहीं है कि जो हुआ उससे हम सहमत हैं या हमें यह पसंद है और हमें इसे बदलने की कोशिश नहीं करनी चाहिए। इसका मतलब केवल यह है कि हम वास्तव में जिस परिस्थिति को बदल नहीं सकते हैं, उसे शालीनता से स्वीकार करते हैं, ताकि हम जो हम कर सकते हैं, उस पर ध्यान केंद्रित कर सकें। यह क़दम उस चिंता या व्यग्रता पर क़ाबू पाने का एक शक्तिशाली उपाय हो सकता है जो हमारी नाराज़गी या अतीत में हुई घटनाओं की कड़वी यादों के कारण आती है। पछतावा करना और परिस्थितियां कैसी हो सकती थीं, होनी चाहिए थीं या हो सकती थीं – इसकी इच्छा करना व्यग्रता का एक प्रमुख कारण है। लेकिन परिस्थिति जैसी है, उसे स्वीकार करना उस व्यग्रता को कम करती है और आपको यह अहसास कराती है कि इसे बदला नहीं जा सकता है।

लंबी समयावधि में, यदि हम **अनुकूलन** (अनुरूप बन सकें) कर सकें तो हम तनाव का बहुत अच्छे ढंग से सामना कर सकेंगे। अनुकूलन का अर्थ है दुनिया के प्रति हमारे नज़रिये, हमारे लक्ष्यों, हमारी धारणा और हमारी अपेक्षाओं में परिवर्तन करना। किसी ऐसे व्यक्ति की कल्पना करें जो परिपूर्णतावादी (परफ़ेक्शनिस्ट) है और हमेशा तनावग्रस्त रहता है, क्योंकि वह कभी भी अपने उच्च मानकों को पूरा नहीं कर पाता है। बढ़िया तरीक़ा यह नहीं है कि ऐसे लोग सुपरमैन बनने का रास्ता खोजें, बल्कि अपनी अपेक्षाओं को कम करके अधिक उचित और वास्तविकता के अनुरूप बनाएं। ऐसे लोगों ने उन्होंने जादुई तरीक़े से अपनी वास्तविकता को पूरी तरह से बदलने का कोई तरीक़ा नहीं खोजा है, बल्कि उन्होंने उस वास्तविकता को अपना लिया है और एक ऐसे रूप में विकसित हुए हैं, जो उस वास्तविकता लिए बेहतर अनुकूल है।

तनाव को अपनाने या उसके अनुरूप *अपने आपको* ढालने का मतलब है कि हम जीवन का बेहतर ढंग से सामना करने के लिए ख़ुद *को* बदलते हैं। हो सकता है कि आप निराशाजनक विचारों में फंसने से इनकार कर दें और ध्यानपूर्वक अधिक आशावादी व्यक्ति बनने का अभ्यास करें। जब हम अपना दृष्टिकोण यानी नज़रिया बदलते हैं, तो हम स्थितियों को अलग तरह से देख सकते हैं। यह 'संकट' है या 'चुनौती'? यह बाधा कैसी दिखती है जब हम ख़ुद से, 'मैं परिवर्तन में संभलने वाला व्यक्ति हूं,' कहने के बजाय यह कहते हैं, जीवन निष्पक्ष नहीं है। 'हर स्थिति की तरह इसका भी बुरा अंत होगा?'

जब हम तनाव के अनुरूप ढल जाते हैं, तो हम ख़ुद को मज़बूत बनाने के तरीक़े ढूंढ़ते हैं। हम अपने लिए एक ऐसा वैश्विक दृष्टिकोण बनाते हैं जो हमें सशक्त बनाता है। उदाहरण के लिए, किसी व्यक्ति को अपने जीवन में हर दिन मिलने वाली सभी अद्भुत बातों की 'आभार सूची' बनाने की आदत हो सकती है। दूसरा व्यक्ति अपने व्यक्तिगत 'नियम' पर ध्यान लगा सकता है या अपने आपको यह याद दिलाने के लिए प्रतिदिन किसी एक मंत्र का उच्चारण कर सकता है कि वह मज़बूत है और वे प्रतिकूल परिस्थितियों से निपट सकता है। यदि हमारे पास शक्तिशाली दृष्टिकोण, विचार, दर्शन और प्रेरणा है, तो हम इस भरोसे के साथ दुनिया का सामना कर सकते हैं कि हम अपने तनाव से निपट सकते हैं – और शायद इसके लिए बेहतर इंसान भी बन सकते हैं!

आगे चलकर, मेडिटेशन का अभ्यास हम कुछ बुनियादी परिवर्तन कर सकते हैं और वास्तव में हम ख़ुद को और दुनिया को देखने की दृष्टि बदल सकते हैं। लेकिन जब भी हम सक्रिय और सचेत रूप से अपने उद्देश्य के साथ जुड़ते हैं, तो हम एक व्यक्ति के रूप में अपने चरित्र और समष्टि के रूप में हम क्या हैं–इसको लेकर अपनी दृष्टि का निर्माण कर रहे होते हैं। हो सकता है कि आज आप ख़ुद को किसी ऐसे व्यक्ति के रूप में देख रहे हों, जो चिंताओं से घिरा हुआ है, लेकिन यह महसूस करने में भी बड़ी ताक़त है कि आपमें परिश्रम, सहानुभूति, बुद्धिमत्ता, रचनात्मकता, हास्य–बोध जैसे अन्य विशिष्ट गुण भी हैं। और ये सभी आपकी चिंता और व्यग्रता को दूर करने और उसे बदलने में आपकी मदद कर सकते हैं।

तो, ये हैं तनाव प्रबंधन के 4 ए। जब आप चिंतित या व्यग्र महसूस करें, तो थोड़ा ठहरें और उनमें से प्रत्येक को एक के बाद एक क्रमवार देखें। स्थिति चाहे कितनी भी तनावपूर्ण क्यों ना हो, आपके पास सजगता और सक्रियता के साथ इससे निपटने का एक न एक तरीक़ा मौजूद है। आप तनाव के सामने असहाय नहीं हैं–आपके पास उपाय हैं! इन उपायों का उपयोग करने के लिए बस थोड़ी–सी जागरूकता चाहिए।

उदाहरण के लिए, हो सकता है कि कार्यस्थल पर कोई सहकर्मी आपको हर दिन परेशान करता हो, तनाव देता हो। आप इस आदमी का कुछ नहीं कर सकते यह सोचकर आपको व्यथित नहीं होना है। थोड़ा समय लें और अपने आपसे बस इतना पूछें कि क्या आप इस सहकर्मी को *टाल* सकते हैं। उनको टालने के लिए आप कैफ़ेटेरिया में लंच के लिए जाने का समय बदल सकते हैं, या फिर ऐसे लोगों से बचने के लिए आप अपने काम की जगह बदलकर उनसे शारीरिक दूरी बना सकते हैं। लेकिन, मान लीजिए कि आप साप्ताहिक मीटिंग्स में ऐसे लोगों को टालना संभव नहीं हो, तो और यहीं पर वे अक्सर आपको रोकते–टोकते हों, या आपके आइडियाज़ को चुरा लेते हैं।

तब आप स्थिति को *बदलने* के तरीक़ों के बारे में सोचें। क्या आप इन मीटिंग्स से बाहर निकल सकते हैं? क्या आप अपने ऐसे सहकर्मी/सहकर्मियों से निजी तौर पर बात कर सकते हैं और अपनी समस्या या परेशानी को उनसे को साझा कर सकते हैं ('मैं इधर कुछ दिनों से मीटिंग्स में असहज महसूस करता हूं, और जब आप मुझे रोकते–टोकते हैं तो मुझे लगता है कि मुझे खारिज़ कर दिया गया है')? क्या आप मीटिंग्स में मुखर हो सकते हैं और अपनी सीमाओं का दृढ़तापूर्वक दावा कर सकते हैं? यदि वास्तव में आपके लिए इनमें से कुछ भी करना संभव नहीं है, तो भी आप कुछ हद तक स्थिति को *स्वीकार* कर सकते हैं। आप किसी क़रीबी दोस्त से अपनी चिंता या हताशा के बारे में बात कर सकते हैं, या यदि आपको ऐसा समझ में आता है कि यह सहकर्मी वास्तव में सभी के साथ रोक–टोक करता है, तो आप उस व्यक्ति की बातों को व्यक्तिगत रूप से लेना बंद कर देंगे या इसको लेकर अधिक दबाव महसूस नहीं करेंगे।

अंत में, आप समग्र रूप से अधिक आत्मविश्वासी और दृढ़निश्चयी बनने की दिशा में प्रयास करके स्थिति के अनुरूप ढल सकते हैं। जब आप वास्तव में महसूस करते हैं कि आपको भी बोलने का उतना ही अधिकार है जितना किसी और को है, तो आप पूरे आत्मविश्वास के साथ यह कह सकते हैं, 'माफ़ करें, मेरी बात अभी ख़त्म नहीं हुई है,' और शांति से अपनी बात जारी रखें। उस शाम आपको जो *कहना चाहिए था,* उसकी चिंता करने के बजाय, आपने बस अपनी बात रख दी और आगे बढ़ गए।

निष्कर्ष

- जब चिंता, नकारात्मक चिंतन और ओवरथिंकिंग की समस्या खड़ी होती है, तो उस समय माइंडफुलनेस अभ्यास में एक्ट मॉडल में बताए गए कुछ ठोस क़दम जोड़ दिए जाएं तो बड़ी मदद मिल सकती है। स्वीकृति और प्रतिबद्धता थेरेपी में हम उस स्थिति को स्वीकार करते हैं, जिसे नियंत्रित नहीं कर सकते हैं और अपने जीवन को बेहतर बनाने के लिए अपने व्यक्तिगत मूल्यों के अनुसार उन स्थितियों को बदलने के लिए कार्रवाई करने के लिए प्रतिबद्ध होते हैं।
- एक्ट में,व्यग्रता अक्सर अनुभवात्मक बचाव की होती है, जिसे हम छह मुख्य सिद्धांतों का उपयोग करके प्रभावहीन बना सकते हैं।
- पहला है आलोचना, व्याख्या, प्रतिरोध या लंबी कहानी कहे बिना वास्तविक रूप से वर्तमान से संपर्क करना, लेकिन वर्तमान में जो कुछ भी सामने आ रहा है उसके बारे में सचेत सतर्कता और पूरी उत्सुकता दिखाना।
- दूसरा है संज्ञानात्मक भ्रम, जहां हम वास्तविकता के बारे में अपने विचारों को वास्तविकता से अलग कर देते हैं। हम अपने विचारों को विचार के रूप में स्वीकार करते हैं, ताकि हम उनमें उलझ नहीं जाएं। तीसरा है स्वीकृति, जहां हम बिना बहस किए वास्तविकता का स्वागत करते हैं और उसे स्वीकार भी करते हैं। हमें सहमत या असहमत नहीं होना है, केवल अवलोकन करना

है। हम अपने विचारों पर एक सजग 'मेटा' दृष्टिकोण बनाने के लिए चौथी अवधारणा, यानी आत्मावलोकन का उपयोग करते हैं। एक भाग को अनुभव हो रहा है, जबकि दूसरा भाग हमें उस अनुभव को प्राप्त होते हुए देख रहा है।

- पांचवां है अपने मूल्यों और सिद्धांतों को तलाशना ताकि हम अपने विचारों को सही संदर्भ में रख सकें। अवलोकन करने वाला हमारा स्व हमारे विचारों का मूल्यांकन कर सकता है और उनकी तुलना हमारे मूल्यों से कर सकता है ताकि हम छठा सिद्धांत के अनुसार कार्रवाई कर सके हैं जो कि सजग और प्रेरित कार्रवाई है।
- एक्ट (ACT) हमारी मदद इस तरह कर सकता है : वर्तमान क्षण में अपने आंतरिक अनुभव को स्वीकार करें, एक महत्त्वपूर्ण दिशा चुनें और उस दिशा में कार्रवाई करें। इससे व्यग्रता और ओवरथिंकिंग कम हो जाती है।
- चिंताजनक नकारात्मक चिंतन पर क़ाबू पाने का मतलब है, इसे पहचानना सीखना। सामान्य अनुभूति की तुलना में, नकारात्मक चिंता अंतहीन होती है, अंतर्दृष्टि नहीं मिलती है, और यह अस्थायी रूप से समस्या-समाधान जैसा लगता है, पर वास्तव में यह हमारे भीतर कोई भी सुधार नहीं करता है।
- अपने विचारों को 'चुनौती देना' आवश्यक नहीं है और यह केवल आगे अनुभवात्मक बचाव और प्रतिरोध में मददगार होता है। इसके बजाय अपने आपसे पूछें कि क्या कोई विचार वास्तव में उपयोगी है और क्या यह आपके मूल्यों के अनुसार लक्ष्य हासिल करने में आपकी मदद कर रहा है। करुणा, क्षमा, और 3 एम रणनीति (मिलना, बनाना, आगे बढ़ना) भी खुद को नकारात्मक चिंतन से मुक्त होकर बनाने की बेहतरीन रणनीतियां हैं।
- तनाव प्रबंधन का एक मंत्र है - 4 ए। ये हैं टालना, बदलना, स्वीकार करना और अनुरूप बनना। परिस्थितियों को टालने या उनसे बचने का मतलब उन परिस्थितियों से दूर चले जाना है जिन्हें आप नियंत्रित नहीं कर सकते। कुछ परिस्थितियां ऐसी

होती हैं जिनमें प्रयास करने का कोई मतलब नहीं होता और उन्हें हमारे परिवेश से पूरी तरह हटा देना ही बेहतर होता है। पर, यदि हम इससे बच नहीं सकते हैं, तो हमें सीखना होगा कि अपने परिवेश को कैसे बदला जाए, ताकि तनाव से बचा रहा जा सके। यदि हम अपने परिवेश को नहीं बदल सकते, तो हमारे पास इसे स्वीकार करने के अलावा कोई विकल्प नहीं बचता। अंत में, यदि हम स्थिति को लेकर बहुत कुछ नहीं कर सकते हैं, तो हमें इसके अनुरूप ढल जाना चाहिए, अपने आपको इसके अनुकूल बनाकर सीखना चाहिए कि हम अपने तनाव से कैसे निपटें। इसकी संभावित हानिकारक क्षमता को कैसे घटाएं।

3

संज्ञानात्मक पुनर्गठन की कला

स्वचालित नकारात्मक विचारों को कैसे पुनः फ्रेम करें

पिछले अध्याय में हमने अपना ध्यान उन सभी तरीक़ों पर केंद्रित करने की कोशिश की, जिनसे हम अपने आत्मअवलोकन या उच्च सचेत जागरूकता में बस सकते हैं और यह भी देखा कि यह कैसे हमें अपने अनुभव का अवलोकन करने, यह ध्यान देने में मदद करता है कि हम कब नकारात्मक चिंतन कर रहे हैं, और हमारे मूल्यों के अनुसार आगे बढ़ने और कार्य करने का विकल्प चुनने में सहायता करता है। हमने कहा कि आपके विचारों को 'चुनौती देना' आमतौर पर काम नहीं करता है क्योंकि यह 'अनुभवात्मक परहेज़ (बचाव)' का एक रूप हो सकता है। दूसरे शब्दों में, जब हम उस पल में जो अनुभव करते हैं उसके विरुद्ध पीछे हटते हैं, तो हम धारणा बनाने, आत्म-आलोचना और प्रतिरोध का द्वार खोलते हैं। पर, यदि हमारा लक्ष्य अधिक जागरूक होना है, तो हमें धारणा बनाने या यह महसूस करने का रवैया छोड़ना होगा कि हमारे कुछ विचार ग़लत हैं और उन्हें 'चुनौती' देना ज़रूरी है।

इसके बजाय, हमने इस बात पर ध्यान दिया कि अपने विचारों को अपनी विशिष्ट जीवन में उनकी उपयोगिता के अनुसार कैसे *नया रूप* दिया जाए, ना कि यह दृष्टिकोण बना लिया जाए कि कुछ विचार या आइडिया ग़लत या बुरे हैं और उन्हें ठीक करने की आवश्यकता है। ऐसा लग सकता है कि यह एक बहुत ही छोटा अंतर है, लेकिन यह महत्त्वपूर्ण है : किसी भी

बदलाव को आलोचना और नकारात्मकता के दृष्टिकोण के साथ अपनाने से काम करने की संभावना नहीं रह जाती, जबकि एक सक्रिय, सहानुभूतिपूर्ण और स्वीकार करने वाली मानसिकता हमें धीरे-धीरे सुधार करने में मदद करती है, इस दौरान हमें बुरा भी नहीं लगता। इस बारे में कि हम वर्तमान में कहां हैं। हम जो कार्रवाई करते हैं वह प्रत्येक मामले में एक जैसी हो सकती है, लेकिन उन एक्शन पीछे हमारा जो इरादा और रवैया होगा, वह बहुत अंतर ला सकता है!

स्वचालित विचारों के प्रति सजगता लाना

तो, हम जानते हैं कि विचारों को रिफ़्रेम करना और उनका पुनर्गठन करने का अर्थ ग़लत विचारों को 'सही' करने या अपने वास्तविक अनुभव के साथ बहस करना नहीं, बल्कि दृष्टिकोण में सचेत बदलाव करना है। जब हम अचेतन में चेतना जगाते हैं, तो हम विकल्प बनाते हैं। इसलिए, हम अपने बारे में कोई धारणा नहीं बना रहे हैं, समस्याओं को पहचान कर उन्हें दूर नहीं कर रहे हैं, बल्कि अंधेरे कोनों में जागरूकता का प्रकाश फैला रहे हैं।

स्वचालित यानी अपने आप उठने वाले नकारात्मक विचार विशेष रूप से 'अंधेरे कोने' हैं। जब हम पूरी तरह से ऑटोपायलट मोड में होते हैं, तो छवियां, हमारे विश्वास, विचार और भावनाएं नकारात्मक विचारों के हमले के जवाब में एक्शन लेने के लिए उतर सकती हैं। विश्वास वास्तव में केवल वे विचार हैं, जो बहुत लंबे समय से हमारे मन में हैं। घटनाओं की व्याख्या करने का हमारा तरीक़ा समय के साथ हमारे लिए अस्पष्ट हो सकता है और इतना प्रतिक्रियाशील और स्वचालित होता है कि हम उस पर सवाल नहीं उठाते हैं। हालांकि स्वचालित नकारात्मक विचार भले ही उस क्षण में छोटे और सतही लगते हैं, लेकिन वे हमारे जीए गए अनुभवों का ताना-बाना बुनते हैं और कई मानसिक बीमारियों की वजह बनते हैं।

अनियंत्रित स्वचालित नकारात्मक विचार आपकी आत्म-अवधारणा और आपके स्वयं को समझने का तरीक़ा बनाते हैं। इससे अनजान रहकर भी, आपके स्व-संज्ञानात्मक पूर्वाग्रह भविष्य के बारे में आपके सोचने के तरीक़े, आपके लिए क्या संभव है, आपकी क्षमताओं और एक इंसान के रूप में आपके मूल्य को आकार देते हैं। यह जीवन में हर स्थिति को

प्रभावित करता है, मानो कि हमारी हर एक धारणा, हर क्रिया और हर उस कहानी को, जो हम ख़ुद को बताते हैं, उस पर एक फ़िल्टर चढ़ा दिया जाए। क्योंकि वे अचेतन हैं, इसलिए स्वचालित नकारात्मक विचार आपके जीवन की पृष्ठभूमि में चल रहे लगातार कमज़ोर करने वाले कार्यक्रम की तरह काम कर सकते हैं, जिससे नकारात्मकता का एक चक्र शुरू हो जाता है, जो लगातार खुद को मज़बूत करता रहता है।

हममें से अधिकतर लोग यह नहीं *सोचते* कि हम दुनिया में किसी भी प्रकार के संज्ञानात्मक पूर्वाग्रह के साथ काम कर रहे हैं, लेकिन सटीक मुद्दा यह है : जिन अपेक्षाओं, धारणाओं और विश्वासों-मान्यताओं को हम सचेत रूप से नहीं जानते हैं वे हमारे जीवन में सबसे प्रभावशाली होती हैं। तो, क्या हम अंदर जा सकते हैं और सभी नकारात्मक और अनुपयोगी विश्वासों-मान्यताओं को बदल सकते हैं? यदि आप कल्पना करते हैं कि आपका जीवन एक विशाल चित्र यवनिका (टेपेस्ट्री) है, तो पूरे कपड़े को उधेड़े बिना केवल एक सिलाई को खोलना संभव नहीं है। दूसरे शब्दों में, हमारी आत्म-अवधारणा और दुनिया को लेकर हमारा दृष्टिकोण जटिल है और यह केवल एक विचार को बदलने का मामला नहीं है, जैसे यह कोई दोषपूर्ण सर्किट ब्रेकर हो।

इसके बजाय, हम परिवर्तन की प्रक्रिया को क्रमिक मान सकते हैं। विचारों को सतही रूप से चुनौती देने या तोते की तरह रटते रहने से इनमें कोई कमी नहीं आएगी- हम जो करने की कोशिश कर रहे हैं, वह उभरते हुए व्यक्तिगत विचारों से हटकर *दृष्टिकोण में एक पूर्ण बदलाव* लाना है।

आइए, वास्तविक जीवन के कुछ उदाहरणों से इसको ठीक से समझें। एक अवसादग्रस्त किशोर की कल्पना कीजिए। उसकी आत्म-अवधारणा और जीवन के प्रति दृष्टिकोण अंततः निराशावादी है और यह उसके स्वचालित नकारात्मक विचारों के रूप में प्रकट होता है, जैसे :

'मैं एक नाकामयाब इंसान हूं।'

'यह काम मुझे स्वयं ही करना होगा, और मैं कर नहीं सकता।

'मेरी ज़िंदगी बेकार है।'

'मैं जिस तरह दिखता हूं और जैसा हूं, उससे मुझे नफ़रत है।'

ये विचार जीवन के प्रति नकारात्मक झुकाव का परिणाम हैं, लेकिन ये एक दुष्चक्र का परिणाम भी हैं। उदाहरण के लिए, मान लें कि यह किशोर एक दिन अपना ड्राइविंग टेस्ट देता है, लेकिन टास्क को (स्वचालित, पूरी तरह से अचेत) इस मानसिकता के साथ करता है, 'चाहे मैं कितनी भी कोशिश कर लूं, कुछ भी काम नहीं आएगा।' यह बात इस पर असर डालती है कि वह अपने अनुभव की व्याख्या किस प्रकार करता है, (यह एक कठिन परीक्षा है और कोई मज़ेदार चुनौती नहीं है), वह नाकामयाबी से कैसे उबरता है (संकेत : वह नहीं उबरता), और वह क्या एक्शन लेता है (टेस्ट की बुकिंग में देरी करना, घटनाओं को व्यक्तिगत रूप से लेना और किसी भी कठिनाई को अपनी हार के सबूत के तौर पर देखना...)।

इस नकारात्मक मानसिकता से टेस्ट देने के बजाय यह किशोर इस निश्चितता के साथ अपना ड्राइविंग टेस्ट दे सकता था कि वह एक अच्छा इंसान है, कि वह सीख सकता है, कि जीवन आम तौर पर ठीक ढंग से चलता है, और वह छोटी-मोटी विफलताओं का सामना करने में सक्षम है। यहां तक कि उस ड्राइविंग टेस्ट के लिए भी यह मानसिकता उसके अनुभव को पूरी तरह से बदल सकती है।

सकारात्मक स्वचालित विचार ऐसे होते हैं :

'भले ही इस समय मेरे साथ कुछ बुरा चल रहा हो, पर मुझे पता है कि मैं ठीक हो जाऊंगा।'

'अगर मैं कड़ी मेहनत करूं तो मैं जो चाहूं वह हासिल कर सकता हूं।'

'मेरा जीवन बहुत अच्छा है।'

'मुझमें बहुत सारे अच्छे गुण हैं।'

कोई भी परिवर्तन करने का मतलब एक नकारात्मक विचार को सकारात्मक विचार से बदलना भर नहीं है। याद रखें कि स्वचालित नकारात्मक विचार अधिक गहरी मान्यताओं और आत्म-अवधारणा का लक्षण और अभिव्यक्ति हैं। तो हम *वास्तविक* परिवर्तन कैसे करें?

संज्ञानात्मक पुनर्गठन

स्वचालित नकारात्मक विचार नुक़सान पहुंचाते हैं, क्योंकि हम उनसे अनजान होते हैं। तो, पहला क़दम हमारे स्वचालित नकारात्मक विचारों के प्रति **सजग** होना है।

> **चरण 1 :** अपनी संज्ञानात्मक विकृतियों और स्वचालित नकारात्मक विचारों को पहचानें।
>
> **चरण 2 :** तर्कसंगतता और सजगता के साथ इन विचारों के साथ समायोजन करें/अलग हों/संलग्न हों।
>
> **चरण 3 :** नए, अधिक उपयोगी विचारों को अपने जीवन में वापस लाएं।

तो, उदाहरण के लिए, मान लीजिए कोई व्यक्ति पहली डेट पर जा रहा है। वह विचारपूर्वक एक्ट के सिद्धांतों का अभ्यास करता है और इस बात के प्रति सचेत रहता है कि उसके साथ क्या हो रहा है। वह मन में उठने वाले नए विचारों के प्रति सजग रहता है और एक बार-बार आने वाले विचारों पर भी ग़ौर करता है : 'यदि मुझे भद्दा मानकर रिजेक्ट कर दिया, तो क्या होगा?' यह एक संज्ञानात्मक विकृति है, यह पहचानना पहला क़दम है।

अब, व्यक्ति तर्कसंगतता और सजगता से इस विचार से जुड़ सकता है। याद रखें, यह ग़लती ढूंढ़ना या यह तय करना नहीं है कि विचार सही है या नहीं। बल्कि, वह पूछते हैं कि क्या यह उपयोगी है? इस अचेतन विचार के दुष्परिणाम क्या हैं? ज़ाहिर है : वह व्यक्ति अपनी डेट का आनंद नहीं ले पाता है, वह अपने दिमाग़ में अस्वीकृति के संकेतों लगातार स्कैन करता रहता है और वह एक ऐसी प्रतिक्रियाशील, निष्क्रिय स्थिति में है, जो अपने को भुलाकर किसी दूसरे व्यक्ति को सभी विकल्प और काम सौंप देता है। इससे वह परेशान और चिंतित हो जाता है और विडंबना यह है कि उसके द्वारा कुछ तरह का व्यवहार करने की अधिक आशंका होती है, जो सामने वाले को अप्रिय लगेगा।

चरण 2 के लिए, व्यक्ति इस विचार को पुनर्गठित करने का प्रयास कर सकता है कि **विकल्प क्या हैं?** अपना दृष्टिकोण विस्तृत करें। आत्म-मूल्यांकन पर ध्यान केंद्रित करने के बजाय, क्यों ना यह याद रखा जाए कि

दोनों व्यक्ति एक-दूसरे के बारे में अधिक से अधिक जानकारी पाने के लिए डेट कर रहे हैं? आप यह सोच सकते हैं, महसूस कर सकते हैं कि भले ही आपकी डेट ने आपको नापसंद कर दिया हो, इससे दुनिया तो ख़त्म नहीं हो जाएगी, ना ही व्यक्ति, ठीक है ना? और इसके अलावा, यह भी तो संभावना है कि आप दोनों वास्तव में एकदूसरे को पसंद आ जाएं ...और इसी तरह के कई बातें सोची जा सकती हैं।

चरण 3 के लिए, आप इस काल्पनिक नव-समायोजित विचार को अपना सकते हैं और इसे अपने जीवन में लागू कर सकते हैं। अब समय आ गया है कि कुछ दृढ़ विचारों का उपयोग किया जाए या धीरे-से अपने आप को उन व्याख्याओं या आख्यानों की ओर प्रेरित किया जाए जो उस उद्देश्य के क़रीब हैं जिसे आप पहले से ही सचेत रूप से जानते हैं कि ये आपके लिए कारगर हैं। जब भी आपके मन में यह विचार आए, 'यदि मुझे भद्दा मानकर रिजेक्ट कर दिया, तो क्या होगा?' तत्काल विचार करें कि आपके पास एक वैकल्पिक जबाव है : 'और यदि रिजेक्ट ना किया तो?' या 'रिजेक्ट कर भी दें तो क्या बिगड़ जाएगा? डेट मुझे नापसंद कर सकती है, लेकिन इसका मतलब यह नहीं होगा कि मैं अच्छा व्यक्ति नहीं हूं!'

क्या इससे डेट चमत्कारिक ढंग से सफल हो जाएगी? नहीं, शायद नहीं। लेकिन धीरे-धीरे, *जब आप स्वचालित नकारात्मक विचारों को विचारपूर्वक सकारात्मक विचारों में बदलने लगते* हैं, तो आप पुरानी और अव्यवहारिक आत्म-अवधारणाओं की पकड़ से मुक्त होने लगते हैं और सक्रिय रूप से कोई कारगर विकल्प चुन लेते हैं। आपका काम दोतरफ़ा होता है : आप जो अचेतन और स्वचालित है उसे अंधेरे से बाहर निकालते हैं और उस पर सजगता की रोशनी डालते हैं, और फिर अपने आपको कुछ अलग करने का विकल्प देते हैं। आप तभी चुनाव कर पाएंगे, जब आपको अन्य विकल्पों की जानकारी हो, और इसीलिए जागरूकता पहला महत्त्वपूर्ण क़दम है।

नकारात्मकता के चक्र को तोड़ना रातों-रात संभव नहीं है (चाहे मोटिवेशनल स्पीकर्स या सेल्फ़-हेल्प गुरु आपसे कुछ भी कहें)। लेकिन सजगता के बारे में सबसे अच्छी बात यह है कि इससे और अधिक सजगता पैदा होती है। ज़रूरी नहीं है कि आप नीरस 'सकारात्मक सोच' का दिखावा करें या स्वयं का खंडन करने या अपनी लंबे समय से चली आ रही

मान्यताओं के साथ उलझें। ऐसा करने के बजाय, बस जिज्ञासु बने रहें और अपने मन के विचारों को खुलेपन से स्वीकारें, उन सभी पर सजगता की रोशनी डालें, विकल्प खोजें और उन वैकल्पिक विचारों को अपनी दुनिया में शामिल करना शुरू करें। जागरूक रहकर देखें कि क्या होता है।

इस काम में समय और धैर्य लगता है, सिर्फ़ इसलिए कि कोई विचार उपयोगी नहीं है, इसका मतलब यह नहीं है कि इसे छोड़ना आसान होगा! वास्तव में, अपने दृष्टिकोण को धीरे-धीरे बदलना शुरू करने के लिए बार-बार और लगातार अभ्यास की आवश्यकता होगी। लेकिन यह लगातार सचेत जागरूकता और सजग होकर कार्य करने के इरादे से बदलेगा, ऑटोपायलट बनने से नहीं।

संज्ञानात्मक पुनर्गठन के लिए कुछ संकेत जो वास्तव में कारगर होते हैं :

- आत्म-सहानुभूति का अभ्यास करें और कार्य को कभी भी आलोचना या किसी निश्चित धारणा बनाकर नहीं करें ना ही किसी कठोर ड्रिल सार्जेंट की तरह करें जो आपके मस्तिष्क के सभी 'ग़लत' विचारों का पता लगा रहा है!
- हमेशा की तरह नए विचारों के प्रति ग्रहणशील, जिज्ञासु और जागरूकता के साथ शुरुआत करें। व्याख्या या निंदा नहीं करें, बस देखें और समझें कि वर्तमान में आपके लिए क्या हो रहा है।
- इस बात को समझें कि परिवर्तन में समय लगता है। आपको अपने वर्तमान स्वचालित विचारों और मान्यताओं को विकसित करने में पूरा जीवन लग गया, जब आप उन पर दोबारा काम करें तो धैर्य रखें और रातों-रात चमत्कार की उम्मीद नहीं करें।
- जब आप अपनी सोच को चुनौती देते हैं, तो सही और ग़लत या अच्छे और बुरे का निर्णय लेने का ज़िम्मा नहीं लें। अपने आपसे बस इतना पूछें कि आपके वर्तमान विचारों का आपके जीवन पर क्या प्रभाव पड़ रहा है और क्या ऐसे विकल्प हो सकते हैं जो वास्तव में आपके मूल्यों और लक्ष्यों के लिए बेहतर हों।
- 'सकारात्मक सोच' और दृढ़ कथनों (अफ़र्मेशन) को भूल जाइए। ये केवल सतही स्तर पर काम करते हैं। आप अपने दृष्टिकोण में

वास्तविक बदलाव लाने की कोशिश कर रहे हैं, ना कि केवल अपनी पुरानी मान्यताओं को नए रंग में रंगने की!

दो कॉलम तकनीक का प्रयोग करें

आइए, इसे अभ्यास में लाएं। हम उस स्वचालित, विचारहीन, चकरघिन्नी बने हुए दिमाग़ से दूरी बनाना चाहते हैं और वास्तव में अपने विचारों को देखना चाहते हैं। ऐसा करने का एक अच्छा तरीक़ा है लिखना। एक काग़ज़ पर दो कॉलम बनाएं। बाईं ओर आप कुछ विचारों, आइडियाज़, धारणाओं और मान्यताओं को नोट करना चाहते हैं जिनके बारे में आप जानते हैं और आपको संदेह है कि वे मददगार नहीं हो सकते हैं, या वे आपके मूल्यों के अनुरूप नहीं हो सकते।

उदाहरण के लिए, आप लिख सकते हैं, 'मैं कभी भी अच्छा नहीं रहा हूं और मैं एक डिप्रेस्ड इंसान हूं।'

एक *गहरी सांस लें* और अपने लिखे हुए को देखें। आपने जो लिखा है, उनके पीछे की मानसिकता को महसूस करने के लिए कुछ समय निकालें। महसूस करें कि आपका शरीर इन आइडियाज़ और विचारों पर कैसे प्रतिक्रिया करता है। कल्पना करें कि जीवन में हर समय आपने इस आंतरिक फ़िल्टर को अपने दृष्टिकोण पर लागू किया है। अब सोचें कि आप कैसे व्यवहार करते हैं, आप ख़ुद को कैसे देखते हैं और इस अचेतन और निर्विवाद मान्यता के आधार पर आप ख़ुद को कैसी-कैसी कहानियां सुनाते हैं। हो सकता है कि आपने नोटिस किया हो कि आप जीवन में शाब्दिक और लाक्षणिक रूप से सिकुड़ते और दबते-झुकते हैं, और छिप जाते हैं, कभी अपनी राय सामने नहीं रखते, कभी ख़ुद को चुनौती नहीं देते, और जब दूसरे आपकी आलोचना करते हैं तो उसे चुपचाप उसे स्वीकार कर लेते हैं।

बस यह सब देखें और इन पर ध्यान दें। इन विचारों को विचारों के रूप में देखें-वास्तविकता के तौर पर नहीं, बल्कि केवल आपके मन में मौजूद चित्र, विचार और प्रतीक के तौर पर।

अब, दूसरे कॉलम में रचनात्मक बन जाएं। आप अपने विचार को दोबारा कैसे लिख सकते हैं ताकि यह वास्तव में आपके लिए उपयोगी

साबित हो? ताकि यह आपको कुछ सिखा सके या आपको प्रेरित कर सके या जो आप हासिल करना चाहते हैं उसे तक बढ़ने में आपकी मदद कर सके? इसे आपको ही करना होगा, कोई और आपके लिए नहीं करेगा- केवल आप ही तय कर सकते हैं कि आपके जीवन-मूल्य और सिद्धांत क्या हैं, और 'उपयोगी' विकल्प के रूप में वास्तव में आपको क्या प्रेरित करता है। यही कारण है कि कट-ऐंड-पेस्ट पुष्टिकरण (मेनिफ़ेस्टेशन) आम तौर पर टिकते नहीं हैं, क्योंकि हमने अपने सिद्धांतों और आदर्शों के अनुसार उन्हें स्वयं समझने के लिए समय नहीं निकाला है।

'मैं कभी भी अच्छा नहीं रहा' के बजाय आप लिख सकते हैं, 'मैं अच्छे और बुरे दोनों गुणों वाला एक सामान्य व्यक्ति हूं,' या 'जब मैं सफल नहीं होता हूं, तो मैं सीखता हूं और अगली बार बेहतर करने के लिए कड़ी मेहनत करता हूं।' या 'मैं ख़ुद से प्यार करता हूं और भले ही मैं परफ़ेक्ट नहीं हूं पर ख़ुद को स्वीकार करता हूं।' 'मैं एक डिप्रेस्ड इंसान हूं' के बजाय, आप कह सकते हैं, 'मैं इस समय कुछ तकलीफ़देह भावनाओं का अनुभव कर रहा हूं,' या 'यह एक कठिन समय है, लेकिन यह हमेशा के लिए नहीं रहेगा,' या फिर 'मैं इस समय अपने जीवन में कुछ चुनौतीपूर्ण लेकिन रोमांचक बदलावों से गुज़र रहा हूं।' आप उन विकल्पों के साथ प्रयोग करना चाहते हैं जो वास्तव में आपके लिए उपयोगी और प्रेरणादायक हों। अत्यधिक सकारात्मक या अवास्तविक होने की भी कोई आवश्यकता नहीं है!

जैसे ही आपको कुछ विकल्प मिल जाएं, तो उन्हें बस, लिखने भर से काम नहीं चलेगा। हां, हमने तर्कसंगत रूप से इन विचारों पर मंथन किया/चुनौती दी/उन्हें दोबारा लिखा, लेकिन इनका तब तक कोई मतलब नहीं है, जब तक कि हम उन्हें भीतर समा नहीं लेते और वास्तव में उन पर विश्वास नहीं करते। इसलिए, उन्हें लिख लें और एक क्षण रुककर महसूस करें कि एक नया विचार आपके स्वचालित विचार से किस प्रकार भिन्न है। यह सिर्फ़ एक बौद्धिक अभ्यास नहीं है। वैकल्पिक विचार आपको किस तरह का व्यवहार करने के लिए प्रेरित करता है? कैसा लगता है?जब आप अपनी मान्यता या विश्वास पर टिके रहते हैं तो दुनिया कैसी दिखती है? अब आपके लिए कौन-से नए समाधान या विकल्प उपलब्ध हैं?

नकारात्मक स्वचालित मान्यताओं को दोबारा लिखने के और भी कई बेहतरीन तरीक़े हैं :

- *हमेशा, कभी नहीं, कोई नहीं, सब कुछ* जैसे निरपेक्ष शब्दों को उदार शब्दों से बदलें। 'मैं हमेशा विफल रहता हूं' बदलकर बन जाता है, 'मैं एक बार विफल हुआ हूं। इसका मतलब यह नहीं है कि मैं अगली बार विफल हो जाऊंगा। मैं अतीत में सफल हुआ हूं।'
- यदि आपके विचार विनाशकारी रूप ले लेते हैं, तो अपने आप से पूछें कि क्या बहुत बुरा घटने पर वास्तव में दुनिया का अंत हो जाएगा। तो, 'अगर मैं परीक्षा में फ़ेल हो जाता हूं, तो मेरे साथ संभवत: यह सबसे बुरी घटना होगी।' यह वाक्य बदलकर हो जाएगा, 'हो सकता है मैं परीक्षा में फ़ेल हो जाऊं, अगर ऐसा होता भी है तो कोई बात नहीं। मेरे पास अभी और भी विकल्प हैं।'
- बहुत नकारात्मक, आलोचनात्मक या ख़ुद से नफ़रत करने वाले विचार करते समय अपने भीतर बस थोड़ी सहानुभूति लाएं। विचारों को दोबारा इस तरह से लिखें जैसे कि आप उन्हें अपने किसी प्रियजन से कह रहे हों। एक विचार देखिए, 'तुम एक निकृष्ट और पराजित व्यक्ति हो' यह वाक्य कुछ इस तरह बन जाएगा, 'आपका व्यवहार इस बार अच्छा नहीं था, लेकिन यह ठीक है और आप अगली बार बेहतर करेंगे'।
- देखें कि कहीं आप आप दिमाग़ पढ़ने, भविष्यवाणी करने या बेबुनियाद निष्कर्ष पर पहुंचने की कोशिश तो नहीं कर रहे हैं। वैज्ञानिक मोड में आएं और अपने आप से सबूत मांगें। यदि आप लिखते हैं, 'वे मुझे वेतन वृद्धि देने के लिए कभी सहमत नहीं होंगे', तो आप अपने आपसे पूछ सकते हैं कि क्या इस बात पर विश्वास करने के लिए कोई सबूत है, और यदि नहीं, तो विचार को फिर से लिखें जैसे, 'मुझे चिंता है कि वे मुझे वेतन वृद्धि नहीं देंगे, लेकिन वे इसके लिए मना करेंगे, यह सोचने का भी मेरे पास कोई कारण नहीं है, मैं इस बारे में बात कर सकता हूं।' एक

विचार, 'वह पक्का मुझसे नफ़रत करती है।' कुछ इस तरह से बन जाता है, 'मैं उसका मन नहीं पढ़ सकता। मैं इस समय उसकी राय नहीं जान सकता।'

- देखें कि कहीं आपकी सोच श्वेत-श्याम तो नहीं है, यानी कि तीसरे विकल्प या समाधान के बारे में विचार करते हैं या नहीं, अपनी इस सोच के कारण किसी महत्त्वपूर्ण जानकारी से चूक तो नहीं रहे!

  'उसने फ़ोन नहीं किया, मुझे यक़ीन है कि वह कहीं खाई में गिरकर मर गया है' यह वाक्य बन जाता है, 'उसने फ़ोन नहीं किया है, लेकिन इसके कई कारण हो सकते हैं।''

अंत में, अचेतन स्वचालित विचारों को दोबारा लिखने का एक बहुत ही उपयोगी तरीक़ा यह है कि उन्हें उपयोगी कार्रवाई में बदला जाए। हमारे भीतर चिंताओं, परेशानियों, पछतावों आदि को स्वीकार करने और उन्हें वास्तविक दुनिया के मुताबिक़ परिवर्तित करने की शक्ति है। उदाहरण के लिए, यदि आपके भीतर यह निष्क्रिय, निराशाजनक विचार है, 'मैं नहीं जानता कि इस काम को कैसे करना है,' तो आप इसे और अधिक सशक्त विचार में बदल सकते हैं, कुछ इस तरह, 'मैं किससे मदद मांग सकता हूं? या मैं 'इस काम को कैसे सीख सकता हूं?'

वाक्य, 'मैंने ग़लती तो कर दी लेकिन अब नतीजा नहीं भुगत सकता' बन सकता है, 'अब मैं नुक़सान को कम करने के लिए क्या क़दम उठा सकता हूं?' या 'नतीजे को सुधारने के लिए मैं व्यावहारिक रूप से क्या कर सकता हूं?'

हमारा एक्शन चमत्कारिक होता है - यह आपको तनावमुक्त कर सकता है, आपके दिमाग़ को संभावनाओं और विकल्पों को तलाशने के लिए खोल सकता है, और आपको फिर से सक्रिय महसूस करने के लिए सशक्त बना सकता है। जितना छोटा, उतना बेहतर - बस एक ऐसे सकारात्मक एक्शन का विचार करें, जो आपको सही दिशा में ले जा सके और आप अपने दृष्टिकोण को तुरंत बदलते हुए देखें।

अपनी दुनिया बदलना–एक समय में एक संज्ञानात्मक विरूपण

जैसे ही आप संज्ञानात्मक रूप से 'कम ध्यान देने वाली बातों पर' कम ध्यान देने की आदत बना लेते हैं, तो यह जानकर आपको आश्चर्य हो सकता है कि आपकी सचेत जागरूकता के बाहर क्या छिपा है! आपका दिमाग़ व्यक्तिगत मिथकों और आख्यानों, मानसिक योजनाओं, विश्वासों, धारणाओं, अपेक्षाओं और हां, पूरी तरह से अजीब और तर्कहीन विचार पैटर्न भी से भरा हुआ है।

अपनी आंतरिक दुनिया को रचने वाले हिस्सों (बिल्डिंग ब्लॉक्स) पर सवाल उठाने और उन्हें दोबारा लिखना सीखने से संतुष्टि और आत्मविश्वास की भावना पैदा हो सकती है। यह एक अद्भुत अहसास है : कि आपके सोचने का तरीक़ा बदला जा सकता है। यदि आप ईमानदारी से इसका अभ्यास करते हैं, तो आप देखेंगे कि यह बात केवल सही शब्द कहने या बौद्धिक रूप से 'तर्कसंगता' और 'तर्कहीनता' को समझने से कहीं अधिक गहरा है। अपने भीतर के बिल्डिंग ब्लॉक्स पर सवाल उठाना और उन्हें फिर से लिखना सीखना वास्तव में यह देखने और समझने के लिए साहस और ईमानदारी की ज़रूरत है कि आपकी आंतरिक दुनिया किस चीज़ से बनी है!

इसी क्रम में, आइए इस पर क़रीब से नज़र डालें कि कुछ सामान्य नकारात्मक विचार पैटर्न आपकी सोच में कैसे प्रकट हो सकते हैं। इन्हें संज्ञानात्मक विकृतियां कहा जाता है। मैं फिर कहना चाहता हूं, हमारा लक्ष्य हमारे अचेतन मन के साथ 'गॉचा!' खेलना (ग़लतियां तलाशना) नहीं है, बल्कि सजग होना और फिर बेहतर विकल्पों के लिए अपने आपको तैयार करने की चुनौती स्वीकार करना है। बहुत संभव है कि आप नीचे दिए गए बिंदुओं को जानते-समझते होंगे :

> **आवर्धन (मैग्नीफ़िकेशन)** – अपना सारा ध्यान किसी एक पहलू या विचार पर केंद्रित करना, उसे अनुपात से अधिक बड़ा करके देखना। उदाहरण : 'अगर मुझे अपनी शादी की पोशाक के लिए सही जूते नहीं मिले, तो पूरा दिन ख़राब हो जाएगा, और हो सकता है कि मेरी शादी का समारोह ही बर्बाद हो जाए।'

अतिसामान्यीकरण (ओवरजनरलाइज़ेशन) – किसी निष्कर्ष को ग़लत तरीक़े से ऐसे किसी मामले में लागू करना जिसमें यह लागू नहीं हो सकता।

उदाहरण : 'मैं, मेरी प्रेमिका से कम कमाई करता था, इस वजह से उसने मुझे छोड़ दिया। और इसीलिए मैं कहता हूं कि सभी महिलाएं पैसे के पीछे भागने वाली होती हैं।'

स्थितियों को चरम सीमा पर सोचना – मनोभावों के सूक्ष्म अंतर को नहीं पहचानते हुए तय कर लेना ही ऐसा ही है, अतिसरलीकृत व्याख्या करना।

उदाहरण : 'वह मेरे चुटकुले पर नहीं हँसा, शायद वह मेरी हिम्मत से नफ़रत करता है।'

विनाशकारी – सबसे ख़राब परिणाम पर यह मानकर ध्यान केंद्रित करना कि इसी की सबसे अधिक संभावना है।

उदाहरण : 'वे मेरे टेस्ट का रिजल्ट मुझे देने में बहुत देर लगा रहे हैं... मुझे यक़ीन है कि मुझे कोई दुर्लभ वायरल संक्रमण है जिससे मेरी जान चली जाएगी।'

और भी अनेक संज्ञानात्मक विकृतियां हैं, लेकिन वे सभी एक ही तरह से कार्य करती हैं : वे वास्तविकता को फ़िल्टर और विकृत करती हैं और हमारी धारणा के दायरे को संकीर्ण करती हैं। जब आप अधिक सजग होने का अभ्यास करते हैं, तो आप स्वयं को बार-बार इनमें से एक या अधिक पूर्वाग्रहों की ओर लौटते हुए देख सकते हैं।

तकनीक 1 : सुकरात की शैली में सवाल-जवाब

संज्ञानात्मक पूर्वाग्रह अचेत और चुनौतीरहित होते हैं। हमारा काम उन्हें सजग करना और चुनौती देना है! ऐसा करने का एक तरीक़ा जिज्ञासु होना और प्रसिद्ध दार्शनिक सुकरात की शैली में सवाल पूछना है। सुकरात ने सत्य तक पहुंचने के लिए एक सरल तकनीक का उपयोग किया था : विनम्रता से सवाल करना। एक उदाहरण देखिए।

> 'सभी महिलाएं पैसे के पीछे भागने वाली होती हैं।'
>
> 'वास्तव में? आपके पास क्या सबूत हैं?'
>
> 'देखिए, 1992 में एंजेला थी...'
>
> 'क्या आपके पास कोई और सबूत है?'
>
> 'नहीं, *प्रत्यक्ष* प्रमाण तो नहीं है। लेकिन, हर कोई जानता है कि महिलाएं ऐसी ही होती हैं।'
>
> 'फिर भी, क्या यह सचमुच सही है? *सभी* ऐसी ही होती हैं? यह विचार तथ्यों पर या आपकी भावनाओं पर आधारित है?'
>
> 'मुझे लगता है कि यह थोड़ा-बहुत मेरी भावनाओं पर आधारित है।'
>
> 'क्या आप स्थिति को पूर्ण रूप से तब देख सकते हैं, जब अधिक सूक्ष्म दृष्टिकोण अधिक यथार्थवादी हो?'
>
> 'हां, शायद *सभी* महिलाएं ऐसी नहीं होतीं। कुछ इस तरह की नहीं भी होतीं। यह सच है...'

इसी तरह और भी बातें। यहां, आप अपनी बात मानने से इनकार कर देते हैं और हर धारणा और अपेक्षा पर सवाल उठाते हैं। आप पूछते हैं, क्या यह विचार वाक़ई सही है? आप ऐसा क्यों सोचते हैं? क्या यह तर्कसंगत है? यह विचार कहां से आता है? क्यों? आप किस बात को नज़रअंदाज़ कर रहे हैं? यह बुनियादी बात लगती है, लेकिन सच तो यह है कि हममें से कई लोग एक पल भी यह सोचे-समझे बिना कि क्या हमारे पास उस विश्वास के लिए कोई सबूत है, किसी विश्वास की ओर दौड़ पड़ते हैं।

यह मान लें कि आप एक एलियन हैं, आपकी कोई प्राथमिकता नहीं है। अब बस जिज्ञासु हो जाएं : आप वास्तव में यहां क्या जानते हैं? तथ्य क्या है और भावना क्या है? क्या आप कल्पना कर रहे हैं या निराधार अनुमान लगा रहे हैं? क्या आप किसी तरह से सबूतों की ग़लत व्याख्या रहे हैं? बस इस बारे में जिज्ञासु बन जाएं कि आप स्थिति की व्याख्या किन अन्य तरीक़ों से कर सकते हैं और आपकी वर्तमान स्थिति कितनी मान्य है। क्या आप अपनी कहानी पर सिर्फ़ इसलिए टिके हुए हैं, क्योंकि आपने हमेशा आदत से मजबूर होकर ऐसा किया है? अक्सर, हम एक दोषपूर्ण

विचार के साथ आगे बढ़ते रहते हैं, क्योंकि यह हमारे बारे में पहले से ही हमारी मान्यताओं और निष्कर्षों की पुष्टि करता है।

हमारे भीतरी आख्यान (नेरेटिव) और आत्म-संवाद इतने आग्रही हो सकते हैं कि हम इन्हें करना शुरू कर देते हैं। लेकिन सुकरात तकनीक आपकी स्वयं की वैधता और धारणाओं की शुरुआत से जांच करती है। आप स्वयं को अधिक व्यापक, अधिक गहराई से और अधिक तर्कसंगत रूप से सोचने के लिए प्रोत्साहित करना चाहते हैं। संक्षेप में कहें तो आप अपने पूर्वाग्रहों, कमियों और दोषपूर्ण तर्क को उजागर करने के लिए कठिन सवालों का उपयोग करते हैं। आप केवल मज़े के लिए ख़ुद से असहमत नहीं होते हैं, बल्कि अपनी आलसी या स्वचालित सोच को चुनौती देने की कोशिश करते हैं-आख़िरकार, अन्य संभावनाओं पर विचार करना ही एकमात्र वास्तविक तरीक़ा है जिससे आप किसी काम को अलग तरीक़े से करना शुरू कर सकते हैं!

तकनीक 2 : मार्गदर्शित कल्पना

किसी स्थिति की कल्पना (विज़ुअलाइज़ेशन) मन को केंद्रित करने, अपना ध्यान मार्गदर्शित करने और अपनी सोच में बदलाव लाने का एक शक्तिशाली तरीक़ा है। आप प्री-रिकॉर्डेड गाइडेड इमेजनरी सेशन्स ख़रीद सकते हैं, मुफ़्त ऑनलाइन पा सकते हैं, या अपना अपने लिए आप ही बना सकते हैं। इसके पीछे आइडिया यह है कि आप जो भी करने का निर्णय लेते हैं, आप अपनी कल्पना का उपयोग अपने दिमाग़ में कुछ घटनाओं या छवियों का पूर्वाभ्यास करने या उन्हें मूर्त रूप देने के लिए करते हैं और इस तरह अपनी शर्तों पर मूल मान्यताओं का अभ्यास या पुनर्लेखन करते हैं।

उदाहरण के लिए, आप पहले दिए गए दो-कॉलम अभ्यास का उपयोग करके कुछ वैकल्पिक विचारों की पहचान कर सकते हैं और फिर वास्तविक जीवन में चल रहे नए विचार की कल्पना करने के लिए समय निकाल सकते हैं। आप कल्पना कर सकते हैं कि यदि आप पिछली किसी बहस या चर्चा को एक अलग दृष्टिकोण से देखते हैं तो वह अलग तरीक़े से कैसे आगे बढ़ सकती है, या आप आने वाली स्थिति का पूरी तरह से नए दृष्टिकोण से पूर्वाभ्यास कर सकते हैं। कुछ लोग इसे प्रतिदिन करते हैं - वे

अपनी सुबह किए जाने वाले कामों की सूची बनाते हैं और फिर कल्पना करते हैं कि वे दिन भर भाग रहे हैं, विभिन्न चुनौतियों का सामना कैसे करेंगे, क्या बोलेंगे और आने वाले संकटों पर किस तरह प्रतिक्रिया देंगे।

एक अलग मानसिकता का पूर्वाभ्यास या अभ्यास करने के लिए विज़ुअलाइज़ेशन का उपयोग करें, या पिछले अनुभवों पर लौटने के लिए जहां आप स्थितियों की गति को धीमा कर सकते हैं और जांच सकते हैं कि क्या हुआ, अंतर्निहित मान्यताओं को ढूंढ़ सकते हैं और उन्हें अधिक बारीक़ी से देख सकते हैं। वैकल्पिक रूप से, विज़ुअलाइज़ेशन आपके मन और भावनाओं की उन स्थितियों में अधिक गहराई से डूबने में मदद करने का एक टूल हो सकता है जिन्हें आप विकसित करने की कोशिश कर रहे हैं। उदाहरण के लिए, यदि आपको पता चलता है कि आपके अधिकांश नकारात्मक चिंतन के मूल में यह विश्वास है कि आपमें 'कुछ कमी' हैं, तो आप इसका प्रतिकार करने के लिए विज़ुअलाइज़ेशन का उपयोग कर सकते हैं। आप पिछली परिस्थितियों की कल्पना कर सकते हैं, जब आपको ऐसा महसूस हुआ हो कि आप सक्षम हैं। इन छवियों या घटनाओं को तलाश करके, आप वैकल्पिक विचारों को उभार सकते हैं और उनका विस्तार कर सकते हैं। इस दृष्टिकोण से देखें कि क्या आप अपने लक्ष्यों की दिशा में उठाए जाने वाले क़दमों के बारे में विचार कर सकते हैं।

आपके विज़ुअलाइज़ेशन की कोई सीमा नहीं है – आप एक बुद्धिमान, दयालु मेंटर की कल्पना करने के लिए एक गाइडेड इमेजरी सेशन का उपयोग कर सकते हैं जो आपको प्रोत्साहित कर रहा है और आपको सलाह दे रहा है। आप एक आंतरिक मानसिक 'सुरक्षित स्थान' की कल्पना कर सकते हैं, जहां आप तनाव मुक्त हो सकें। आप अपने बारे में विस्तार से एक नए और आदर्श रूप की कल्पना करने के लिए समय निकाल सकते हैं – यह व्यक्ति क्या सोचता है, महसूस करता है, क्या करता है? उसे आपका मार्गदर्शन करने दें।

कल्पना करें कि आपका पुराना स्व इस नए स्व के साथ संवाद कर रहा है। या केवल उन छवियों और प्रतीकों को चित्रित ही करें जो आपके लिए महत्त्वपूर्ण हैं। उदाहरण के लिए, कल्पना करें कि आप एक तितली हैं, कोकून से तितली में बदलना, अपनी सभी पुरानी मान्यताओं को छोड़ना और अपने लिए नई मान्यताओं का निर्माण करना आपके लिए

बहुत शक्तिशाली हो सकता है। यह आप पर निर्भर करता है! ज़रूरी यह है कि आप अपने विचारों को केवल सतही स्तर पर नहीं लिखें, बल्कि वास्तव में उन्हें महसूस भी करें। विज़ुअलाइज़ेशन आपके मस्तिष्क के लिए परिस्थितियों को अधिक वास्तविक बनाता है... बशर्ते, आप अपनी सभी इंद्रियों का उपयोग करें और अपनी भावनाओं और संवेदनाओं को उनमें शामिल करें।

तकनीक 3 : रिकॉर्ड या डायरी बनाना

बातों को लिखना दूरी और दृष्टिकोण हासिल करने का एक सहज और आसान तरीक़ा है, साथ ही अपने विचारों की गति को शिथिल करना और जो बहुत अमूर्त या काल्पनिक लगता है, उस पर नियंत्रण पाना है। जब आप अपने दिमाग़ के अंदर होते हैं, अपने 'विचार प्रवाह' को पहचानते हैं और अपनी अचेतन आत्म-संवाद को सक्रिय होने की अनुमति देते हैं, तो पैटर्न, विशिष्ट विचारों और दोहराए जाने वाले लूप के बारे में सजग हो पाना कठिन होता है। लेकिन, यदि आप परिस्थितियों को ब्लैक ऐंड वाइट में रखना बंद कर दें, तो यह आसान होता है।

ऊपर दी गई दो-कॉलम तकनीक अस्पष्ट विचारों पर नियंत्रण पाने का एक शानदार उपाय है, लेकिन संज्ञानात्मक विकृतियों को पहचानने और उन पर फिर से काम करने के लिए लेखन पद्धति का उपयोग करने के अन्य तरीक़े भी हैं। सोचें कि आप एक जिज्ञासु वैज्ञानिक हैं, जिसका मुख्य लक्ष्य केवल परिस्थिति को समझना और दस्तावेज़ बनाना है। जब कुछ उल्लेखनीय घटित होता है या आप स्वयं को परेशान या भ्रमित पाते हैं, तो अपनी नोटबुक निकालें और लिखें :

स्थिति : क्या हुआ? ट्रिगर (समस्या को उभारने के कारण) क्या हैं?

आपके विचार : आप क्या सोच रहे हैं?

आपकी भावनाएं : आपकी भावनाएं क्या हैं और वे आपके शरीर में किस तरह से काम कर रही हैं?

आपके परिणामी व्यवहार : आपने इन विचारों और भावनाओं

पर कैसे कार्य करना या प्रतिक्रिया देना चुना? परिणाम क्या निकला?

संभावित संज्ञानात्मक पूर्वाग्रह या विकृतियां : क्या आप किसी बार-बार आने वाले पैटर्न, जाने-पहचाने आख्यान या किसी पुरानी साधारण अतार्किकता से तादात्म्य स्थापित कर पाते हैं?

वैकल्पिक विचार : दो-कॉलम एक्टिविटी के अनुसार, क्या आप अपने विचार को ठोस कार्रवाई में बदलने के लिए एक अलग दृष्टिकोण या फिर केवल कोई एक तरीक़ा ही देख पाते हैं?

जब आप वैकल्पिक विचार आज़माते हैं तो क्या होता है : अद्यतन (अपडेटेड) विचार को किसी तरह से अपनी दिनचर्या में शामिल करने का प्रयास करें। ऐसा करने पर क्या अलग महसूस होता है? क्या आपको अलग परिणाम मिल रहे हैं? आप अलग एक्शन्स चुन रहे हैं?

देखें एक छोटा-सा उदाहरण :

स्थिति : क्रिसमस पर आपका वज़न दस पाउंड बढ़ गया है।

आपके विचार : 'यह तो एक बहुत बड़ी समस्या है। तुम तो पेटू हो और तुम्हारा वज़न कभी कम नहीं होगा।'

आपकी भावनाएं : बहुत शर्म महसूस होना, अपने आप से नफ़रत और हाथ-पैरों में दर्द। कहीं जाकर छुप जाने की इच्छा।

आपके परिणामी व्यवहार : पराजित महसूस होना। बेहतर महसूस करने के लिए और ज़्यादा खाने का मन करना!

संभावित संज्ञानात्मक पूर्वाग्रह और विकृतियां : शरीर के वज़न, उदासीनता और तबाही के बारे में चरम तक जाकर सोचने के पुराने पैटर्न पर ध्यान दें। अत्यधिक निष्ठुरता और सहानुभूति की कमी पर ग़ौर करें। कोई विशिष्ट दृष्टिकोण नहीं रखें।

वैकल्पिक विचार : 'तुम्हारा वज़न बढ़ गया है, लेकिन इससे दुनिया तो ख़त्म नहीं हो जाएगी। ऐसा होता है, और मुझे पता है कि तुम असहज हो, लेकिन कुछ कोशिशें करने के बाद तुम फिर से अपना वज़न कम कर सकते हो।' आप पता लगा सकते हैं कि अपनी इस समस्या के समाधान की दिशा में कौन-से छोटे-छोटे क़दम उठाए जा सकते हैं। यानी, कुछ स्वास्थ्यवर्धक खाद्य सामग्री लेने के लिए संबंधित स्टोर में जाएं।

जब आप वैकल्पिक विचार आज़माते हैं तो क्या होता है : इतना भी घबराना नहीं चाहिए, अपने आप से इतनी नफ़रत करना ठीक नहीं। इस समय बुरा तो लग रहा है, लेकिन मुझे पता है कि स्थिति को सुधारने के लिए मैं कुछ न कुछ अवश्य कर सकता हूं। जब मैं निराश-हताश नहीं होता, अपने आप से नफ़रत महसूस नहीं होती, तो काम करना आसान हो जाता है।

जब आप परिस्थितियों के बारे लिखते हैं, तो आपको पैटर्न नोटिस करने का मौक़ा मिलता है। अक्सर, स्थितियों को शब्दों में बयां करने मात्र से आपको उन पर नियंत्रण का अहसास होता है। आप अपने विचार पृष्ठ पर रखते हुए महसूस करते हैं कि वास्तव में, वे केवल पृष्ठ पर लिखे गए शब्द और पैटर्न भर हैं। वे हमेशा आपके दिमाग़ में सिर्फ़ शब्द और पैटर्न ही होते हैं! जितनी आसानी से आप अपनी नोटबुक में अलग-अलग शब्दों को फिर से लिख सकते हैं, उतनी ही आसानी से आप अपने भीतर के परिदृश्य को भी बदल सकते हैं।

तकनीक 4 : 'क्या होगा अगर?' के साथ खेलना

विनाशकारी विचारों वाले (और नकारात्मक चिंतन करने वालों) की बुनियाद में अक्सर परेशान करने वाला सवाल होता है, 'क्या होगा?' हम बैठकर सबसे ख़राब संभावित परिणाम की कल्पना करते हैं, फिर उसे बढ़ाकर देखते हैं, ऐसा व्यवहार करते हैं जैसे कि यह ना केवल संभव था, बल्कि संभावित भी था। इस प्रकार की संज्ञानात्मक विकृति के बारे में चिंतित नहीं होना आपके मूल्यनिर्धारण में कुछ अर्थ और आशय वापस लाना है। 'क्या होगा अगर?' सवाल पूछकर आप अपने दृष्टिकोण को बदल सकते हैं।

पहली बात तो यह है कि विनाशकारी विचारों का गुण होता है नकारात्मक परिणामों पर अतार्किक ध्यान केंद्रित करना है, जबकि यह भी संभव है कि कुछ बहुत अच्छा भी हो सकता है। हम स्वभावतः इन सभी सकारात्मक संभावनाओं को नज़रअंदाज़ कर देते हैं और स्थिति वास्तव में बहुत निराशाजनक लगने लगती है। अपने आप को अधिक संतुलित दृष्टिकोण देने के लिए, एक काग़ज़ लें और उसमें दो कॉलम बनाएं। आप एक तरफ़ 'नकारात्मक क्या होगा' और दूसरी तरफ़ 'सकारात्मक क्या होगा' लिख कर सकते हैं। अब, सकारात्मक की तुलना में नकारात्मक की कल्पना करना आसान हो सकता है, लेकिन इस अभ्यास की शक्ति आपको यह याद दिलाना है, अ) आप वास्तव में नहीं जानते कि क्या होगा, ब) आपको सुखद आश्चर्य हो सकता है।

आपको इसे ज़बरदस्ती नहीं करना है, बल्कि दोनों तरफ़ से समान संख्या में संभावनाएं तलाशने का प्रयास करें। अपनी बनाई सूची पर एक नज़र डालें और ख़ुद से पूछें : क्या वास्तव में नकारात्मक की संभावना सकारात्मक से अधिक है? कभी-कभी, जानबूझकर किसी स्थिति की सकारात्मक क्षमता पर विचार करने से हमें परिस्थिति को देखने का अधिक संतुलित दृष्टिकोण मिल जाता है और चिंता कम हो जाती है।

अंत में, आप यह अभ्यास करके महसूस कर सकते हैं कि बहुत बारीक़ी से विचार करने पर भी नकारात्मक परिणामों की ही संभावना अधिक है। तो, अब क्या?

सकारात्मक सोच का मतलब यह नहीं है कि हम नकारात्मक परिणामों, निराशाओं या कठिन भावनाओं से मुक्त दुनिया में रहते हैं। पूरी संभावना है कि हमें ऐसी स्थिति का सामना करना पड़ेगा जो हमें नापसंद है - यही जीवन है! हालांकि, कभी-कभी सबसे सशक्त स्थिति वह होती है, जिसमें यह पूछने का दृष्टिकोण अपनाया जाता है, 'भले ही परिणाम बहुत आए... पर, क्या यह सचमुच इतना बुरा होगा?'

इसे आज़माएं। अगली बार जब आप पर विनाशकारी विचार से घिरे हों, तो उस विचार के साथ तब तक आगे बढ़ें, जब तक उसका नतीजा नहीं निकल आए।

> 'मुझ पर कदाचार का मुक़दमा चलाया जा रहा है। यह मेरे करियर का अंत है और मुझे डर लग रहा है।'
>
> 'तो? इससे बुरा और क्या हो सकता है?'
>
> 'मेरी नौकरी हमेशा के लिए चली जाएगी! यह स्थिति सचमुच तनावपूर्ण और विनाशकारी होगी।'
>
> 'ओके। यह बुरी स्थिति तो होगी, लेकिन अगर ऐसा हुआ भी (हो सकता है कि ऐसा नहीं भी हो), तो भी आप इससे उबर सकते हैं और आगे बढ़ सकते हैं, है ना?'

यह आपकी भावनाओं को ख़ारिज करना या उनकी तीव्रता कम करना नहीं है। बल्कि, जब आप अपने सबसे बड़े डर का सामना करते हैं और ख़ुद को याद दिलाते हैं कि इससे दुनिया पूरी तरह तबाह नहीं होने वाली, तो यह इतना असहनीय नहीं लगता है। जब हम चिंता में डूबे होते हैं, तो हम परिणामों को अपने ऊपर हावी होने देते हैं, हम कहते हैं कि यह एक ऐसा संभावित परिणाम है जो पूरी तरह से असहनीय है, इसे प्रबंधित नहीं किया जा सकता। लेकिन क्या ये सच है? क्या सचमुच कोई ऐसा परिणाम हो सकता है, जिसे सहन नहीं किया जा सके?

पूछते रहें, इसमें 'इतना बुरा क्या है?'

> 'सभी लोग मेरे बारे में अफ़वाह उड़ाएंगे।'
>
> 'इसमें इतना बुरा क्या है?'
>
> 'मुझे अस्वीकार कर दिया जाएगा। वे अब मुझे नहीं बुलाएंगे।'
>
> 'तो इसमें बुरी बात क्या है?'
>
> 'वे लोग सोचेंगे कि मैं एक बुरा व्यक्ति हूं!'
>
> 'इसमें इतना बुरा क्या है?'
>
> 'वैसे तो कुछ नहीं, ऐसा मुझे लगता है। मेरा मानना है कि कुछ लोगों की अपेक्षाओं पर खरा नहीं उतर पाने से मैं मर नहीं जाऊंगा...'

जब आपको यह अहसास हो जाता है कि कोई भी बुरा परिणाम असहनीय नहीं है, तो अक्सर चिंता और व्यग्रता को सिर उठाने से पहले ही ख़त्म

किया जा सकता है। आपने जिन समस्याओं और भय की कल्पना की है, वास्तव में वे आपको बिलकुल भी नुक़सान नहीं पहुंचा सकती हैं, और आपको उन परेशानियों से बचते फिरने की ज़रूरत नहीं है!

> 'लेकिन यह मामला गंभीर है। मैं अपने दोनों हाथ और पैर गंवा सकता हूं और फिर कभी चल-फिर नहीं पाऊंगा।'
>
> 'चलिए ठीक है। तो क्या यही सबसे बुरी बात हो सकती है? निश्चित ही ऐसा होना बुरा होगा। लेकिन, फिर भी आप अपनी प्रतिक्रिया चुन सकेंगे। तब भी आपके पास ख़ुश होने के लिए कुछ विकल्प और कुछ बातें होंगी। इसलिए, यदि वास्तव में सबसे ख़राब संभावित परिणाम आए, तो उससे भी निपटा जा सकता है।'

सच बात तो यह है कि अत्यंत बुरा वैसे भी बहुत कम ही घटित होता है। परिणाम चाहे जो हो, आपके पास हमेशा शक्ति, क्षमता और विकल्प हैं, यह अहसास विनाशकारी सोच के दंश से बचा लेता है। कभी-कभी, जिन लोगों ने वास्तव में किसी आपदा को झेला है, वे अपनी भावना को इस तरह व्यक्त करते हैं कि उन्होंने अपने आपको साबित कर दिया है कि वे जीवन की बुरी से बुरी परिस्थितियों से भी उबर सकते हैं। इससे अधिक सशक्त और आत्मविश्वास बढ़ाने वाली बात भला और क्या हो सकती है?

निष्कर्ष

- हम जैसे ही अपने दृढ़तापूर्वक स्वीकार करने वाले, सजग 'अवलोकन करने वाले स्व' में पहुंच जाते हैं, तो हम अपनी संज्ञानात्मक विकृतियों, अपेक्षाओं, आंतरिक मिथकों और आख्यानों, धारणाओं और पूर्वाग्रहों पर पुनर्विचार करना शुरू कर सकते हैं। हम वास्तव में उन्हें *चुनौती* नहीं देते हैं, लेकिन उन विकल्पों पर विचार करने लगते हैं जिन्हें हम सचेत रूप से चुनते हैं।
- हम पहले अपने सोचने के तरीक़े के प्रति जागरूक होकर और जो पहले स्वचालित, अभ्यस्त और अचेतन था, उस पर चेतना

से प्रकाशित करके संज्ञानात्मक पुनर्गठन का अभ्यास कर सकते हैं। जब हम अपना दृष्टिकोण बदलने और धीरे-धीरे अपनी आत्म-अवधारणा को बदलने की स्थिति में आ जाते हैं, तो हम अलग तरह से सोचना, महसूस करना और व्यवहार करना शुरू कर देते हैं, और यह परिवर्तन सतही या केवल 'सकारात्मक सोच' नहीं है।

- जागरूकता के बाद, हम अपने विचारों को समायोजित कर सकते हैं, उनसे तर्क-वितर्क कर सकते हैं, उनसे संलग्न हो सकते हैं और सचेत रूप से विकल्प चुन सकते हैं। फिर हम इन विकल्पों को अपने वास्तविक जीवन में लागू कर सकते हैं। हमें स्वयं का मूल्यांकन करने, कुछ भी ठीक करने या 'सच्चाई' का पता लगाने की आवश्यकता नहीं है, बल्कि अपने विचारों का मूल्यांकन इस आधार पर करें कि वे हमारे लक्ष्यों को प्राप्त करने में कितने उपयोगी हैं, उन्हें अपने गहनतम मूल्यों के अनुसार निर्धारित करें।
- दो-कॉलम तकनीक हमें थोड़ा धीमी गति से चलने, स्वचालित नकारात्मक विचारों की पहचान करने और उन्हें सजगता से पुनर्गठित करने में मदद कर सकती है। इसके लिए धैर्य, साहस, करुणा और जिज्ञासा की आवश्यकता होती है। सब कुछ या कुछ भी नहीं विचार पर, माइंड रीडिंग, भविष्यवाणी करने की कोशिश, सामान्यीकरण करने, या अत्यधिक नकारात्मक मूल्यांकन करने की आदत पर विचार करें। इन विचारों को दोबारा लिखें या इस पर भी विचार करें कि उन्हें उपयोगी एक्शन में कैसे परिवर्तित किया जा सकता है।
- संज्ञानात्मक पुनर्गठन की अनेक तकनीकें होती हैं, लेकिन वे सभी जागरूकता से शुरू होती हैं और विकल्पों पर वास्तव में ध्यान देने की हमारी इच्छा पर समाप्त होती हैं। हम सुकरात शैली के सवाल-जवाब (धारणाओं और विश्वासों के सबूत मांगते रहें, क्यों-यह सवाल पूछते रहें), गाइडेड इमेजरी (अतीत या भविष्य के विकल्पों का पूर्वाभ्यास या ख़ुलासा करने के लिए), रिकॉर्ड-कीपिंग या जर्नलिंग (विचारों को लिखने और विकल्पों का

उपयोग करने लिए) का उपयोग कर सकते हैं।), और 'क्या होगा अगर?' के साथ प्रयोग करना (विनाशकारी विचार को उसके तार्किक निष्कर्ष तक ले जाना और देखना कि क्या असुविधा, विफलता या अनिश्चितता वास्तव में इतनी बुरी हैं)।

- संज्ञानात्मक पुनर्गठन हमें एक ऐसा दृष्टिकोण तथा मानसिकता को विकसित करने में मदद कर सकता है जो डिजाइन के लिहाज से सक्रिय हो और कम व्यग्रता से भरा हो।

4

हमारे पास वर्तमान ही है

क्या आपने कभी ग़ौर किया है कि कैसे कुछ लोग जीवन भर घबराते ही रहते हैं, हर छोटी बात को व्यवस्थित करने, सुलझाने और नियंत्रित करने की कोशिश करते रहते हैं, मानो जैसे उन्होंने ख़ुद को ब्रह्मांड का मुख्य कार्यकारी अधिकारी (सीईओ) नियुक्त कर लिया हो, और यदि उन्होंने कामकाज नहीं संभालेंगे तो सारी व्यवस्था गड्डमड्ड हो जाएगी। शायद आप ही वह व्यक्ति हैं?

घबराहट, चिंता, ओवरथिंकिंग और नकारात्मक चिंतन करना निश्चित रूप से संज्ञानात्मक विकृतियों से भरे दिमाग़ का संकेत है या एक ऐसा दृष्टिकोण है जो नकारात्मक को अनुपात से अधिक, बढ़ा-चढ़ाकर देखता है। और, व्यग्रता या चिंता बेशक संकुचित फ़ोकस और सजगता की कमी की समस्या है। लेकिन, इस अध्याय में हम इस बात पर विचार करेंगे कि व्यग्रता इससे भी अधिक गहराई तक जा सकती है और जीवन के प्रति अधिक बुनियादी अभिविन्यास (ओरिएंटेशन) की बात करेंगे । यानी, ऐसी समझ जिसके कारण हमें मूल रूप से अपनी दुनिया पर कम *भरोसा* है।

चाहे आप इसे विश्वास, स्वीकृति, सहिष्णुता, अनुग्रह या समर्पण कहें, यह उन स्थितियों के प्रति सम्मान रखने वाला रवैया है जो वास्तव में आपके नियंत्रण या समझ से बाहर हैं। मान लीजिए कि आप अधिक जागरूक बनने का अभ्यास करते हैं और उन संज्ञानात्मक विकृतियों पर महारत हासिल करते हैं, जो आपको आगे बढ़ने से रोक रही हैं। मान लीजिए कि आप अपने वर्तमान में पूरी तरह से सहज हैं, पूरी तरह से सतर्क और सचेत हैं,

और पूरी तरह से सक्रिय और दिमाग़ को सभी तरह के विचारों के लिए खुला रखते हैं। और तभी कोई बेवकूफ़ आपके सामने से गुज़रता है और आपका अपमान कर देता है।

सच तो यह है कि जीवन पक्के तौर पर उन स्थितियों से भरा पड़ा है, जिन्हें हम बदल नहीं सकते, चाहे हम उन्हें कितना भी नापसंद करते हों या उनसे कितने ही असहमत क्यों ना हों। नुक़सान को टाला नहीं जा सकता है। हमें हमेशा सफलता नहीं मिलती। कभी-कभी, कुछ बातें अनुचित रूप से घटती हैं और अन्याय होता है, चाहे आप इसके ख़िलाफ़ कितना भी विरोध करें। कभी-कभी, जीवन भ्रमित करने वाला और कठिन होता है और कई सवालों के उत्तर नहीं मिलते, भले ही आप इसमें कितनी ही गंभीरता और गहराई से विचार करें। तब क्या?

शांत, समदर्शी जीवन का एक ज़रूरी हिस्सा है, परिस्थितियों को स्वीकार करना सीखना। जब हम उस अनचाही वास्तविकता के विरुद्ध लड़ते हैं और क्रोधित होते हैं, या जब हम 'दुनिया के सीईओ' की भूमिका निभाते हैं और मानते हैं कि सब कुछ ठीक रखना हमारी ज़िम्मेदारी है, तो हम चिंतित होते, व्यग्र हो जाते हैं। दुनिया के कुछ हिस्से, इस समय जैसे वे हैं, जब आपको अस्वीकार्य होते हैं, तो आप अपने आपको भय और प्रतिरोध की स्थिति में डाल देते हैं। जब हम परिस्थतियों को स्वीकार करते हैं, केवल तभी हमें शांति या स्वतंत्रता मिल सकती है।

इसे कुछ इस तरह सोचें : इस समय जो हो रहा है, वह पहले से ही हो रहा है। स्थितियां जैसी हैं, वैसी ही हैं। आपके नियंत्रण में पहले से ही कुछ नहीं हैं। यदि आप इस तथ्य को लेकर फड़फड़ाते हैं, हड़बड़ाते हैं और तनाव ले लेते हैं, तो भले ही आप अपने आपको *भ्रमित* करें कि सब पर आपका नियंत्रण है, लेकिन जो हो रहा है वह होता रहेगा। बस, होगा यह कि आप दुःखी और चिंतित होते रहेंगे। तो, इस तरह से आप दुःखी रहने का विकल्प चुन रहे हैं और अपने लिए अप्रसन्नता का माहौल तैयार कर रहे हैं।

अब, यह सब बहुत ज़ेन (निश्चिंतता भरा और आरामदेह) और स्थितियों से अलग-थलग लग सकता है - क्या आपका जीवन पर पक्के तौर पर कुछ नियंत्रण है? बिलकुल है। लेकिन कहां पर नियंत्रण नहीं है? वास्तव में देखा जाए तो आपके पास कोई अन्य विकल्प नहीं है, तो क्यों

ना इसे स्वीकार किया जाए, अपना लिया जाए, इसके जो है उसके साथ आगे बढ़ा जाए और समर्पण कर दिया जाए? आमतौर पर केवल हमारा अहंकार ही है, जो हमारे अंदर जाकर कहना चाहता है, नहीं! स्थितियां ऐसी नहीं होनी चाहिए! वास्तविकता के अनुसार ही शर्तों को निर्धारित करने का प्रयास करें। लेकिन, पूरी दुनिया आपकी दुश्मन है, कुछ इस तरह के व्यवहार से कुछ अधिक ख़ुशी मिलती है? यदि आप निश्चिंत हो सकें, और बहस करने, औचित्य तलाशने, शिकायत करने, समझाने-बुझाने, नियंत्रण करने, सुधार करने और भविष्यवाणी करना ज़रूरी नहीं समझें... तब आप अहंकार भी त्याग देते हैं, और ऐसा करने से क्या जाने, शायद आपको कुछ नया और आनंददायक भी मिल जाए जिसकी आपने अपेक्षा नहीं की थी।

मनुष्य के रूप में, कहीं न कहीं हम उन स्थितियों को ख़तरे के रूप में देखते हैं जिन्हें हम समझ नहीं पाते हैं या जिन्हें हम नियंत्रित नहीं कर सकते हैं। हम उन्हें हम अपनी शक्ति छीनने वाली, हमें चोट पहुंचाने वाली, या स्वयं को सर्वशक्तिमान मानने की हमारी दृष्टि का अपमान करने वाली स्थितियों के रूप में देखते हैं। लेकिन क्या सचमुच ऐसा है कि हमेशा ही आपको सर्वश्रेष्ठ पता होता है? क्या सचमुच ऐसा है कि जो चीज़ आप किसी भी क्षण चाहते हैं, वह वास्तव में उचित और तर्कसंगत है? इस समय आप जैसे हैं, क्या उस स्थिति में आपके लिए यह संभव है कि जिस विशाल ब्रह्मांड का आप हिस्सा हैं उसे सही ढंग से समझ पाएं और पूरे आत्मविश्वास से कह सकें कि क्या होना चाहिए और क्या नहीं?

विनम्रता वास्तव में अपनाने योग्य एक अत्यंत आरामदायक रवैया है। यह वह सुकून है जो हमें तब महसूस होता है, जब हम उन चीज़ों का विरोध करना बंद कर देते हैं, जिनका विरोध करना हमारा काम नहीं है। यदि आप अपने दिमाग़ को उसके भरोसे छोड़ देंगे तो आपका यह अपनी कहानियां- किसी भी तरह की कहानियां गढ़ लेगा और ऐसी बातों को खोज लेगा जिनका सामना आपको करना पड़ेगा, जिनसे डरना होगा, उनकी इच्छा करनी होगी और आश्चर्य भी करना होगा। जब हम व्यग्र होते हैं, तो ऐसा लगता है जैसे हम किसी समस्या के प्रकट होने के लिए जगह बना रहे हैं!

समर्पण आसान है

पहली बात तो यह है कि स्वीकार करना कठिन नहीं है। यह कोई सज़ा के लायक़, लगभग असंभव अलौकिक उपलब्धि नहीं है। बल्कि, यह वह है जो आप नहीं करना चुनते हैं। मान लीजिए आप किसी मूवी थिएटर में हैं और एक ज़िद्दी बच्चा रोने-चिल्लाने लगता है। आप स्वचालित रूप से, बेइरादा चिढ़ जाते हैं। तुरंत आपकी वास्तविकता से लड़ाई होने लगती है। आपका प्रतिरोध कहां से आता है? नहीं, यह कोई स्वाभाविक तथ्य नहीं है। यह उस ज़िद्दी बच्चे से नहीं, बल्कि आपके दिमाग़ से आ रहा है। तो, आख़िर आपका मन ऐसा क्यों करता है?

देखिए, आपके अंतस में कहीं यह अनजाना विश्वास निहित है कि एक तरह से हमारा प्रतिरोध किसी समस्या के समाधान का साधन है, या यदि हम नाख़ुश हैं, तो इससे किसी न किसी तरह से समस्या का समाधान हो जाएगा। अगर हम लड़ें और विरोध करें, तो शायद हमें सुकून मिल जाएगा, या सबकुछ हमारे हिसाब से चलने लगेगा। हालांकि, यह धारणा ग़लत है – क्या वास्तव में नाख़ुशी से नाराज़ होकर इसका समाधान करना उचित है? नहीं।

ऐसा नहीं है कि आप कंधे उचकाते हैं और अपने आपसे संतुष्ट होकर कहते हैं, 'सबकुछ वैसा ही है, जैसा होना चाहिए।' आपको अपने वाक्य में चाहिए शब्द नहीं जोड़ना है, कहना होगा, सबकुछ जैसा है, वैसा ही है...

आपकी आंतरिक दुनिया तब कैसा महसूस करेगी, जब यदि आप वास्तव में मानते हैं कि जैसा है, सबकुछ ठीक है और आपको यह तय करने की आवश्यकता नहीं है कि इसे इस तरह होना चाहिए या नहीं? क्या होगा अगर आपने यह सोचना बंद कर दिया कि यह तय करना आपका काम है कि वास्तविकता कैसी होनी चाहिए? हममें से कई लोगों को यह डर सताता है कि हमको मिटा दिया जाएगा या कि सब कुछ समाप्त हो जाएगा। इसके बजाय, बस हम जीते रहें... घटनाएं घटती रहें और हम उनके साथ आगे बढ़ते रहें, कोई प्रतिरोध किए बिना।

'तो, अगर मच्छर काट रहे हैं, तो क्या मुझे उसी जगह पर चुपचाप बैठे रहना चाहिए और मच्छरों को आपना काम करते रहने देना चाहिए?' आप बैठे रह सकते हैं। आप उठकर दूर भी जा सकते हैं, या मच्छर मारने

वाली दवा का प्रयोग कर सकते हैं। लेकिन ध्यान रहे कि किसी भी समाधान के लिए वास्तव में आपको अपनी छाती पीटना और गुस्सा जताना ज़रूरी नहीं है, यह सही नहीं है! मुझे कभी भी मच्छर द्वारा काटा नहीं जाना चाहिए! यदि आपको मच्छर ने जब काट ही लिया है, तो यह तर्क निहायत बेकार है कि मच्छर ने आपको काटना नहीं था।

हमें दर्द और परेशानी होगी। लेकिन इसे अपने भीतर ही रखना है, या ज़ाहिर करना है-हमें चुनना होगा। जैसा कि कहा जाता है, आप जिसका विरोध करते हैं, वह क़ायम रहता है। कल्पना करें कि कोई अजनबी कहीं से आता है और बिना वजह आपका अपमान कर देता है। आपकी परेशानी का यह क्षण बीत जाता है। लेकिन अगर आपके मन में इस घटना को लेकर प्रतिरोध है, तो आप इस घटना के काफ़ी दिनों बाद भी उस अजनबी और उसके द्वारा किए गए अपमान को लेकर बेचैन रहेंगे, नाराज़ रहेंगे। इसलिए, प्रतिरोध वास्तव में हम जो नहीं चाहते हैं, वही हमसे करवाता है। जबकि, स्वीकृति वह है जो हम करना चाहते हैं, उसके लिए रास्ता बनाती है। घटना को भूलते हैं, ताकि आगे बढ़ना आसान हो।

पीड़ा और प्रतिरोध से कोई प्रयोजन सिद्ध नहीं होता।

स्वीकृति वास्तव में कैसी होती है?

हमारे पास बस अपना वर्तमान, मौजूदा क्षण ही है। और हमें यह स्वीकार करना होगा। वर्तमान यानी मौजूदा क्षण क्या है। कल क्या हो सकता है, या जो पहले ही हो चुका है और बीत गया है, या आपका दिमाग़ आपके लिए जो काल्पनिक कहानियां बुन रहा है, आपको उन्हें नहीं मानना है। आप बस इस क्षण में हैं, इससे दूर भागने या इसमें कुछ और जोड़ने की बेताब कोशिश नहीं कर रहे हैं। मान लीजिए कि आप बुरी परिस्थिति में हैं। आप दुःखी हैं, आपको पीड़ा हो रही है, आप डरे हुए हैं। ठीक है। उसी रास्ते पर चलें। आख़िरकार, यदि आप उन भावनाओं का प्रतिरोध कर रहे हैं, तो आप अपने आप को दोगुना कष्ट दे रहे हैं - शुरुआती परेशानी और साथ ही परेशानी महसूस नहीं होने देने की बेचैनी भी झेल रहे हैं।

याद रखें कि यह एक भ्रम है कि दुःखी होने से समस्याओं का समाधान होता है या हमारी परिस्थितियां बदल जाती हैं। अक्सर स्पष्ट रूप से

और पूरे मन से हम जिस स्थिति में हैं उसे स्वीकार करना ही हमें रचनात्मक बनाता है और तर्कसंगत समाधान दिखाता है, ताकि हम आगे बढ़ सकें। यह केवल एक कहानी है जो हम अपने आपको सुनाते रहते हैं कि हमें हर समय ख़ुश रहना चाहिए, या कि भ्रमित या थका हुआ होना ऐसी समस्या है, जिसका हमें तत्काल हल निकालना चाहिए। जब आप इस बात को समझ जाते हैं, तो आप अक्सर पाते हैं कि भ्रम, थकान या पीड़ा इतनी भी बुरी नहीं है - सबसे अधिक नुक़सान तो हमें प्रतिरोध करने से होता है! क्या आप अपने वर्तमान क्षण को देख सकते हैं और आकलन करने, राय बनाने और व्याख्या के लिए अपना दिमाग़ लगाए बिना बस हां कह सकते हैं?

ऐसा करना 'स्थान' (स्पेस) बनाने जैसा है, जैसा कि पिछले अध्याय में चर्चा की गई है। वर्तमान क्षण को अपने अहं की इच्छाओं के अनुरूप बनाने के लिए मजबूर करने के बजाय, हम बस इसके लिए जिज्ञासु हो जाते हैं कि सामने क्या आ रहा है। स्वीकार करने का अभ्यास करने का मतलब यह नहीं है कि हम निष्क्रिय हैं या एक्शन नहीं ले पा रहे हैं। हम कार्रवाई करते हैं! लेकिन हम बेचैन हताशा की भावना से कार्य नहीं करते हैं। हम टालने, विरोध करने या इनकार करने के लिए कार्य नहीं करते हैं। जब हम व्यग्र होकर हमेशा *कुछ करने* की ज़रूरत से चिपके रहना बंद कर देते हैं, तो हम वास्तव में स्थितियों को अधिक स्पष्ट रूप से देखना शुरू कर सकते हैं। क्या हम परिस्थिति बदल सकते हैं? यदि हां, तो हम ऐसा करते हैं। यदि नहीं, तो हम उसे स्वीकार करते हैं। कुछ भी अनुचित नहीं है, कुछ भी ग़लत नहीं है।

तो, हम रोज़मर्रा की ज़िंदगी में इन सबका दृढ़तापूर्वक अभ्यास कैसे कर सकते हैं? तो, आपके पास इसे अभी-इसी क्षण करने का अवसर है। इसी क्षण ठहरें और वर्तमान क्षण पर नज़र डालें और देखें कि क्या आप इसे वैसे ही स्वीकार कर सकते हैं जैसा यह है। उस समय की हर परिस्थिति पर ध्यान दें... हो सकता है कि कंधे में खिंचाव हो, हो सकता है कि लंबे समय से आपका ख़राब मूड हो, हो सकता है कि आज बाद में कुछ अच्छा होने की उम्मीद हो, हो सकता है कि आपको 4 बजे जो करना है, उसकी चिंता बार-बार सता रही हो, या हो सकता है कि पड़ोस में भौंकने वाले कुत्तों को लेकर आप कुछ सोच रहे हों।

अब, बस एक सेकेंड के लिए कहानी कहने वाले दिमाग़ को इन सब से अलग कर दें और बस वर्तमान में उपस्थित रहें। आप ऊंची आवाज़ में कुछ कह सकते हैं जैसे, मुझे कोई आपत्ति नहीं है, या ठीक है, ऐसा इसलिए कहना है ताकि आपके मन में यह भावना घर कर जाए कि आप स्थिति को नियंत्रित करने, अपने हिसाब से चलाने, हस्तक्षेप करने या विरोध नहीं करना चाहते हैं। यदि स्थिति में दख़ल देने वाले विचार मन में आएं, तो फिर से 'ठीक है' कहें। यहां तक कि आपका प्रतिरोध भी वर्तमान क्षण का हिस्सा है। उसे भी स्वीकार करें। ऐसा महसूस करें कि बस यह क्षण परिपूर्ण, जो है, जैसा है वह संपूर्ण है – इसके लिए किसी चीज़ की आवश्यकता नहीं है।

आप जब चाहें इसका अभ्यास कर सकते हैं। जब आपको लगे कि आपकी व्यग्रता नियंत्रण से बाहर हो रही है या आपका मूड ख़राब हो रहा है, तो इस अभ्यास को आज़माएं। अपने आप को याद दिलाएं कि फ़िलहाल आपका एकमात्र काम हर परिस्थिति को *वैसा* ही रहने देना है जैसी वह है! आसान, ठीक है ना?

- जब आप किसी बात को नहीं जानते हैं, तो सीधे और स्पष्ट रूप से कहें, मैं नहीं जानता। किसी बात को ना जानने या नियंत्रित नहीं कर पाने में कुछ भी ग़लत नहीं है।
- परिपूर्णता यानी परफ़ेक्शन की इच्छा नहीं करें और इसे अपने भीतर से धीरे-से विदा कर दें। हस्तक्षेप या सुधार करने की ज़रूरत को नज़रअंदाज़ करते हुए वर्तमान क्षण के बारे में तीन अद्भुत बातें खोजने का प्रयास करें।
- अनिश्चितताओं को सुलझाने के लिए ज़बरदस्ती निष्कर्ष निकालने या जल्दबाज़ी करने की प्रवृत्ति से सजग रहें। अपने आप को बार-बार यह याद दिलाने में थोड़ी कोशिश करनी पड़ सकती है : 'हममें से कोई नहीं जानता कि कल क्या होगा।'
- आप छोटे-छोटे तरीक़ों से व्यग्रता या चिंता पर नियंत्रण छोड़ने का अभ्यास कर सकते हैं – दूसरों से मदद मांगें और फिर भरोसा करने की कोशिश करें कि मदद करने वाले जानते हैं कि वे क्या कर रहे हैं। दूसरों को कार्य सौंपें। दूसरों को आपका ख़याल रखने

दें। किसी से राय मांगें और पूरे मन से यह विचार करें कि राय देने वाला वास्तव में सही हो सकता है।

- धैर्य रखें। यदि आपको लग रहा है कि आप हड़बड़ी और जल्दबाज़ी कर रहे हैं, तो ठहरें, गहरी सांस लें और अपने आपसे पूछें कि क्या वास्तव में आपातकालीन स्थिति है, या आपका अहं इस पर नियंत्रण पाना चाहता है और निश्चित समय तय करना चाहता है? बहरहाल, आपकी टाइमलाइन आई कहां से है?
- अपने जीवन में अधिक लचीलापन लाएं। कोई परिस्थिति वैसी नहीं है जैसी आप चाहते हैं, उस पर नाराज़ होने के बजाय, उसे हर तरह से देखने की कोशिश करें, उसका अन्वेषण करें और उसे विभिन्न दृष्टिकोणों से देखें। क्या कोई अन्य व्यावहारिक विकल्प है, या कोई ऐसा समाधान है जिस पर आपने अभी तक विचार नहीं किया है? यदि आप रास्ता नहीं मिलने के कारण गुस्सा ही करते बैठे रहेंगे, तो आपके हाथ से बेहतर पाने का अवसर चूक सकता है!
- यदि आप कोई ग़लती करते हैं, तो कहें, मैंने ग़लती की है, और फिर उसे भूल जाएं। अपनी इस चूक से आप निश्चित रूप से सीख ले सकते हैं। लेकिन अपने को माफ़ करने का अर्थ है, उस ग़लती का बोझ हमेशा नहीं ढोने का विकल्प चुनना है।
- अपनी कम से कम हँसी उड़ाएं। जब आप गर्व महसूस करते हैं और अहंकार से भरे होते हैं, तो अपमानित या शर्मिंदा महसूस करना आसान होता है। अपमान करने वाली भावनाओं को जाने दें। यदि आप समय-समय पर ख़ुद को शर्मिंदा करते हैं तो क्या वास्तव में दुनिया का अंत हो जाएगा? जब आप वास्तव में इसके बारे में सोचते हैं तो क्या आपको यह थोड़ा हास्यास्पद नहीं लगता?
- याद रखें कि पीड़ा किसी भी समस्या का समाधान नहीं है। निश्चित रूप से यह आपको एक अच्छा इंसान नहीं बनाता और आपको वह नहीं मिलेगा जो आप चाहते हैं। इसीलिए, जब आप दूसरों को दोष दे रहे हैं, ख़ुद की मदद के लिए कार्रवाई किए बिना शिकायत कर रहे हैं, या दूसरों को आकर आपको बचाने

के लिए बेइरादा कोशिश में शहीद की भूमिका निभा रहे हैं, तो ध्यान दें। यदि आपको बुरा लगता है, तो उस भावना को अच्छी तरह से समझें और पूछें, 'इससे वास्तव में क्या हासिल होगा?' क्या आप *सचमुच* बुरा महसूस करना चाहते हैं, ख़ुद को ख़ुश करने के लिए?

- बहुत से लोग चिंता और व्यग्रता को दूर करने के लिए ईश्वर के प्रति समर्पण करने या जीवन के आध्यात्मिक पक्ष को अपनाते हैं। इससे उन्हें शांति और स्थिरता का अहसास होता है। जब आप जब यह जानते हैं कि आप किसी असीम, जटिल और अबूझ अस्तित्व का हिस्सा हैं, तो आपको बड़ी राहत मिलती है और आपको सुखद अहसास होता है। जो कुछ भी आपके सामने आता है, हर दिन एक पल निकालकर पूछें कि क्या कहीं, कोई उच्चतम शक्ति या सत्ता है जिसको नियंत्रण सौंपकर आपको ख़ुशी होगी... कम से कम अस्थायी तौर पर ही सही।
- अपने आपको और दूसरों को *आंकना* बंद करें। यह सबसे आम तरीक़ा है जिससे हम अपनी धारणाओं को जोड़ते हैं और वास्तविकता को नियंत्रित करने का प्रयास करते हैं। अपने आप को बताएं कि स्थितियों का मूल्यांकन करना या यह तय करना आपकी ज़िम्मेदारी नहीं है कि क्या अच्छा है और क्या नहीं। यह आपका काम नहीं है। भरोसा रखें कि दुनिया वैसी ही चलती रहेगी, जैसी चल रही है। स्थितियों पर आपके द्वारा किए गए मूल्य निर्धारण से कोई अंतर नहीं पड़ने वाला। यदि आपको दूसरों की कमियों पर गुस्सा आता है, बेचैनी होती है, तो तुरंत खुद को अपनी कमियों गिनाएं – और फिर समझें कि आप और बाक़ी लोग भी दया और सहानुभूति के पात्र हैं।
- आभारी बने रहें। कृतज्ञता का भाव जब होता है तो, आप याद करते हैं कि आपको यह जीवन बिना कोई मोल चुकाए हुए दिया गया था, और यह लगातार अनगिनत चमत्कारों पर टिका हुआ है। इन चमत्कारों को समझना आपके बस की बात नहीं। हमेशा कुड़कुड़ाते हुए आपकी नज़र में आपके साथ जो ग़लत हो रहा है उसे, या आप अपने आपको जिसके हक़दार मानते हैं, उसे

तलाशते रहने के बदाय अपना ध्यान उन सभी तरीक़ों पर केंद्रित करें जिनसे अपने अद्भुत जीवन के प्रति संतुष्टि और प्रशंसा का भाव पैदा हो सके। वर्तमान क्षण ही हमारे पास है-लेकिन वह *काफ़ी* है!

- और अंत में, बार-बार ब्रेक लें। जीवन कठिन हो सकता है, लेकिन हमें इसे हमेशा डर, व्यग्रता के साथ नहीं जीना चाहिए, ना ही किसी प्रकार की ज़बर्दस्ती करनी चाहिए। सुनिश्चित करें कि आप जीवन में चिंतन करने, तनावमुक्त होने, भीतर से सहज होने और समस्या-समाधान मोड में सक्रिय रहने के बजाय केवल ग्राही बने रहने के लिए पर्याप्त समय निकालें।

वर्तमान समय के लिए स्थान बनाएं

मैं आपको दो 'स्थानों' से परिचित कराना चाहता हूं :

पहले स्थान को अन्यत्र (एल्सव्हेयर) कहा जाता है, जहां हर तरफ़ अड़ोस-पड़ोस बिखरा रहता है, ख़ास तौर पर अतीत में और भविष्य में। यह वह स्थान है जहां पर आप लगातार सोच-विचार में उलझे रहने वाले 'अस्थिर मन' (मंकी माइंड) के साथ जाते हैं। यह शब्दों से बना होता है, जिसमें यादें, सपने, भय, कल्पनाएं, मान्यताएं, विचार, शर्तें, अनुमान, कहानियां, व्याख्याएं, धारणाएं, व्यक्तिगत मिथक, प्रतीक, चिंताएं और उम्मीदें वग़ैरह होती हैं। इस स्थान के बारे में सबसे महत्त्वपूर्ण बात यह है कि इसका अस्तित्व नहीं होता, *वास्तव में नहीं होता।* यह स्थान निर्जीव है।

दूसरे स्थान को वर्तमान (हियर ऐंड नाउ) कहा जाता है, और इसमें केवल एक छोटा (लेकिन भ्रामक रूप से विशाल) कमरा है, जो शाश्वत रूप से वर्तमान क्षण पर आधारित है। आप अपने शरीर, अपने शरीर की पांचों इंद्रियों और सबसे बढ़कर अपने मन की शांति के साथ जो कुछ उपलब्ध है, उस पर केंद्रित सजगता का उपयोग करके इस स्थान पर आते हैं। इस दूसरे स्थान के बारे में सबसे महत्वपूर्ण बात यह है कि यह हमेशा बदलता रहता है, गतिमान रहता है, प्रकट होता रहता है और बनता-बदलता रहता है। यह हमेशा बिलकुल नया होता है और फिर भी यह समय की तरह पुराना है और हमेशा यहीं रहता है। ख़ुशी, महत्त्व, उद्देश्य और संबंध सभी इस दूसरे

स्थान पर घटित होते हैं। सही मायनों में यह जगह जीवंत है। यही हमारा जीवन है।

जब अन्यत्र रहते हैं, तो आपके अस्तित्व में चिंता, प्रतिरोध और टकराव शामिल होता है। मस्तिष्क एक शक्तिशाली अंग है, और यह अपनी इच्छानुसार कुछ भी बना सकता है। यह आम तौर पर कुछ ऐसे जटिल दृश्यों को सामने प्रस्तुत करता है जिनमें फंसकर हम विचलित हो जाते हैं। यह एक आत्म-अवधारणा को जन्म देता है, और तरह-तरह की कहानियां गढ़कर हमें बताता है कि क्या स्वीकार करना है, क्या नहीं। यह घटनाओं को अर्थ और महत्त्व प्रदान करता है। यह ऐसी कहानियां गढ़कर हमें बताता है कि भविष्य में हमें किनसे डरना होगा। यह उस बारे में कहानियां बनाता है जो पहले ही घटित हो चुका है, और इन कहानियों को हमें लगातार बताता रहता है, ताकि हम उन्हें भूल नहीं जाएं।

जब लोग व्यग्र और चिंतित होते हैं, तो वे यह सोचने की ग़लती करते हैं कि **जीवन** उन्हें परेशान कर रहा है। वे सोचते हैं कि जीवन की परिस्थितियां कठिन और चुनौतीपूर्ण हैं, और तब वे इनके विरुद्ध प्रयास करने लगते हैं। लेकिन सच तो यह है कि उनकी समस्या जीवन से नहीं है, क्योंकि, साफ़तौर पर कहें तो वे वहां हैं ही नहीं। उनकी कठिनाई जीवन के साथ नहीं, बल्कि उन चित्रों और शब्दों के साथ जुड़ने से आती है जो उनके दिमाग़ में आते हैं, यानी, वे उस दूसरी जगह, अन्यत्र रहने के लिए संघर्ष कर रहे हैं। वे अपनी ही पैदा की हुई समस्याओं से जूझते हैं, और मान लेते हैं कि जीवन ही समस्या है। लेकिन जीवन तो वहीं का वहीं है, वर्तमान क्षण में अपने काम से काम रख रहा है, और उसे पूरी तरह से नज़रअंदाज़ किया जा रहा है!

जब आप व्यग्र रहते हैं, चिंता से जूझ रहे होते हैं, तो आप आम तौर पर अन्यत्र रहने वाले राक्षसों से कुश्ती लड़ रहे होते हैं। जब आप शांत और निश्चिंत होते हैं और बस वर्तमान पल में रहते हैं, तो आप आप अपने जीवन से वैसे ही निपटते हैं जैसा कि वह वास्तव में है।

मेरी बात एक सरल उदाहरण से यह स्पष्ट हो जाएगी : मेरा एक मित्र था, जिसकी एक बहुत ही हास्यास्पद आदत थी। मान लीजिए कि हम किसी दिन खिली धूप में जंगल की लंबी सैर के लिए एक साथ निकले। जंगल आश्चर्यजनक रूप से सुंदर है। वह कहेगा, 'हे भगवान, यह कितना

सुंदर है, हमें वास्तव में बार-बार सैर के लिए आना चाहिए, है ना? या फिर हमें हाइकिंग और कैम्पिंग भी करनी चाहिए। लेकिन कब? चलो किसी दिन पहाड़ों पर लंबे समय के लिए कैंपिंग करें या कुछ और करें। जल्द ही सर्दी आ जाएगी और तब हमें सूरज के दर्शन नहीं होंगे, इसलिए बेहतर होगा कि हम जल्द ही एक प्लान बना लें...'

मैं अपने दोस्त की आदत को हास्यास्पद या अजीब इसलिए कह रहा हूं, क्योंकि वह तब ऐसी बात कह रहा था, *जब हम वास्तव में अच्छा समय बिता रहे थे*, वह इस तथ्य पर ध्यान नहीं दे रहा था! वह भविष्य में क्या हो सकता है, क्या होना चाहिए और क्या किया जा सकता है, इसी विचार में इतना डूबा हुआ था कि उसके सामने जो सुंदर और परिपूर्ण वर्तमान क्षण मौजूद था, उससे पूरी तरह बेख़बर था।

इससे आपको पता चलता है कि मन कितना शक्तिशाली है - इतना शक्तिशाली कि आपको वर्तमान क्षण से दूर ले जा सकता है, भले ही वह क्षण वास्तव में वही हो जिसे आपके मस्तिष्क ने सोचा था कि वह आपको उसे बनाने में मदद कर रहा है। मुझे यक़ीन है कि मेरे मित्र ने अपने लिए यह अहसास पैदा किया कि 'जीवन बीत रहा है' या समय ख़त्म हो रहा है। लेकिन ऐसा बिलकुल नहीं था। वह तो बस अन्यत्र रह रहा था।

मेरे मित्र के मामले में यह आदत अपेक्षाकृत कम नुक़सानदेह है। लेकिन ऐसा हमेशा नहीं होता। हममें से कितने लोग इस अन्यत्र क्षेत्र में ही *स्थायी* रूप से रहते हैं? हम कुछ इस तरह से कहते हैं, 'मैं ऐसा नहीं कर सकता, मैं उस तरह का व्यक्ति नहीं हूं।' क्योंकि हम वर्तमान में क्या हैं, इस तथ्य का सामना करने के बजाय हम कैसे हैं इसी याद में चिपके रहना चाहते हैं। हम ऐसे व्यक्ति बन जाते हैं जो उस नौकरी के गुलाम बन जाते हैं जिससे नफ़रत करते हैं, अपने सभी वर्तमान क्षणों को नष्ट कर देते हैं, क्योंकि वे भविष्य नामक किसी पौराणिक, गैर-मौजूद जगह के बारे में सोचना बंद नहीं कर सकते हैं, जहां उनके लिए बेहतर सेवानिवृत्ति का विकल्प होगा।

क्या यह हास्यास्पद नहीं है कि मनुष्य अतीत की यादों में घिरा रहकर या भविष्य की चिंता करते हुए ख़ुद को परेशान करने के लिए हर संभव कोशिश करता है? आपको यह अजीब लग सकता है कि एक व्यक्ति उसी डरावनी फ़िल्म हो हर शाम, जान-बूझकर देखने के लिए बैठ जाता है, जो उसे हर बार परेशान करती है। इसी तरह हम यदि रोज़-ब-रोज़ अपने

भविष्य को लेकर परेशान होते रहते हैं, तो क्या हम भी ऐसी मूर्खता नहीं कर रहे हैं? आप अपने लिविंग रूम के आरामदेह सोफ़े पर आराम से बैठकर डर से आतंकित होते हैं। लोग जानते हैं कि स्क्रीन पर चलती-फिरती तसवीरें और शब्द वास्तविक नहीं हैं, और फिर भी क्या हम उन तसवीरों और शब्दों को वास्तविकता समझकर अपने दिमाग़ में भरते नहीं हैं?

आइए इस विचार को दूसरी तरह से देखें। छह साल की उम्र में एक बार खाए हुए बेस्वाद भोजन की याद करने के बजाय आप किसी फ़ैंसी पांच सितारा रेस्तरां के स्वादिष्ट भोजन की कल्पना करके आप वहां बैठकर इसे वास्तव में चखे बिना दावत उड़ा सकते हैं। आप वहां मुंह में स्वादिष्ट भरकर बैठ सकते हैं और सोच सकते हैं, 'मेरे साथ कभी कुछ भी अच्छा नहीं होता है,' या 'उस वेटर के साथ आख़िर समस्या क्या है?' या 'जो लोग इस तरह शानदार भोजन पर पैसा बर्बाद करते हैं वे मूर्ख हैं।'

या... आप भोजन के हर कौर का आनंद उठा सकते हैं, अभी, इस क्षण। क्योंकि यही एकमात्र स्थान है, जहां भोजन मौजूद है-वर्तमान में, इसी क्षण में।

बाक़ी हर जगह? वे नकारात्मक चिंता, इनकार और अंतहीन विचार मंथन के क्षेत्र हैं। समस्याओं के क्षेत्र हैं।

इसे अभी आज़माएं। इसी क्षण-जी हां, तुरंत! - ईमानदारी से अपने आप से पूछें कि क्या आपके जीवन में क्या कुछ ग़लत है। वास्तव में क्या कमी है? हो सकता है आपको ऐसा महसूस हो कि समस्याओं का पहाड़ है, लेकिन ईमानदारी से पूछें कि इनमें से कितने *जीवन के बारे में केवल विचार हैं,* वास्तव में नहीं। जब आप इन विचारों को दूर करते हैं और केवल वर्तमान को देखते हैं, तो यह सुंदर है, है ना? आपका मस्तिष्क स्थितियों की कल्पना करता है, और वे स्थितियां ऐसी महसूस होती हैं जैसे वे वास्तविक और हमारा वर्तमान हैं। ...लेकिन क्या वे वास्तव में हमारा *वर्तमान* हैं? इस समय *वास्तव में* क्या मौजूद है? बस आप हैं और वह पल है।

आइए, यहीं और अभी में यानी इसी क्षण में सहज हो जाएं। आइए, देखें कि जब हम इस पल में रहते हैं तो जीवन कैसा दिखता है, जो कहीं और से नहीं दिख सकता।

दर्द बनाम दुःख

मान लीजिए इस समय आपको ऐसा महसूस हो रहा है कि आपको फ़्लू हो गया है और आप आपका सिर दर्द से फट रहा है, आपको असहज महसूस हो रहा है, और आपके गले में जलन भी है। या दर्द है।

अब, यदि आप गुस्सा होते हैं, उदास हो जाते हैं और अपनी बीमारी के विचार से हो-हल्ला मचाना शुरू कर देते, नकारात्मक विचारों का मंथन करना शुरू कर देते हैं, वर्तमान परिस्थिति का विरोध करना शुरू कर देते हैं, वास्तविकता पर बहस करना शुरू कर देते हैं, या इस सोच में पड़ जाते हैं कि आपको बीमार होने से बचने के लिए क्या करना चाहिए था - यह दुःख है।

दर्द जीवन का एक स्वाभाविक, अपरिहार्य हिस्सा है। यह वर्तमान में घटित होता है। यह क्षणभंगुर है। जबकि, दुःख से बचा जा सकता है और यह हमारा अपना बनाया हुआ है। यह वर्तमान को छोड़कर हर जगह होता है। दर्द दूर हो जाने और ख़त्म हो जाने के बाद दुःख बना रह सकता है।

दुःख का अर्थ है उस क्षण को स्वीकार नहीं करना, या सत्य से चिपके रहना या उससे दूर भागना। दुःख, दर्द की कहानी है।

यदि आपको फ़्लू है, तो आप दर्द में हैं। यदि आप कहते हैं, 'मैं मूर्ख हूं, बारिश में भींगते हुए कीड़े पकड़ने की यह सज़ा तो मुझे मिलनी ही चाहिए थी।' तब आप दर्द में तो हैं ही, आपको अतिरिक्त दुःख भी सता रहा है। आपका निरीह दिमाग़ इन सब बातों को समझने, समझाने, निर्णय लेने और आपको नियंत्रित करने की कोशिश कर रहा है। वह आगे की भविष्यवाणी करना चाहता है और अपनी स्थिर प्रकृति के साथ सीखना और कार्य करना चाहता है। यह इंचार्ज बनना चाहता है! लेकिन कभी-कभी इसका अर्थ यह हो सकता है कि यह अपने आपके लिए दुःख उत्पन्न करता है।

यदि आप वर्तमान से बच रहे हैं, उससे इधर-उधर हो रहे हैं, उससे जूझ रहे हैं, या कल क्या हुआ था, या कल क्या हो सकता है इसके बारे में दिवास्वप्न देख रहे हैं, तो आप वर्तमान क्षण की संपूर्ण, समृद्ध सुंदरता से चूक रहे हैं। आप, इस समय आपके पास जो संपूर्णता और संतुष्टि है, उसे छोड़ रहे हैं, क्योंकि आप तो अपने जीवन में अधिक संतुष्टि कैसे प्राप्त करें-

इस समस्या के समाधान में व्यग्रता से सोच-विचार कर रहे हैं। आप ऐसे व्यक्ति बन जाते हैं जो वर्तमान क्षण को एक प्रतीक्षालय और आराम करने की जगह की तरह मानता है, जबकि आप जिसे बेहतर मानते हैं-अपना भविष्य वह तो बहुत बाद में आपके सामने आने वाला है। आप कहते हैं, जैसे ही अमुक काम हो जाएगा, तब मुझे ख़ुशी होगी। वर्तमान हमेशा अपर्याप्त होता है और हमेशा *अन्यत्र* कहीं कुछ बेहतर करने की दिशा में एक क़दम होता है। आप पर्याप्त नहीं हैं, वर्तमान क्षण पर्याप्त नहीं है, और जीवन की संपूर्णता स्वयं अंत का एक साधन मात्र है। क्या आप समझ पाते हैं कि सारा जीवन भविष्य/अतीत की ओर झोंक देना कितना पागलपन है-जो कि आख़िरकार, केवल एक विचार है : बस आपके मस्तिष्क में होने वाली थोड़ी-सी हलचल?

> 'जब मैं सेवानिवृत्त हो जाऊंगा, तब मैं अपना मनपसंद जीवन जीऊंगा।'
> 'मुझे आगे और पढ़ना चाहिए था, तब मेरा जीवन बहुत अलग होता।'
> 'मैं इसे ले ही लूंगा, बस एक बार अमुक काम बन जाए।'

आपका जीवन कोई ड्रेस रिहर्सल नहीं है। यह सचमुच चल रहा है। और यह वास्तव में अभी, *इसी क्षण* सबकुछ हो रहा है।

वर्तमान का सहारा : आपका शरीर

कोई व्यक्ति वर्तमान में कैसे रहता है?

याद रखें कि हम मन के माध्यम से अन्यत्र पहुंचते हैं - हम अपने विचारों और आइडिया का उपयोग करके अतीत, भविष्य, या एक काल्पनिक और कल्पित वर्तमान की यात्रा करते हैं।

जबकि, वर्तमान, इसी क्षण तक केवल एक ही तरीक़े से पहुंचा जा सकता है : अपने शरीर के माध्यम से।

यह महसूस करना कि आपका शरीर केवल वर्तमान क्षण में रहता है और हमेशा ही इसमें रहता है, वास्तव में एक अद्भुत अंतर्ज्ञान है, इसलिए यदि आप इसमें ट्यून जाते हैं, यानी अपने आपको इसके अनकूल बना लेते

हैं, तो आप इसके साथ वर्तमान में रहेंगे। आपकी पांचों इंद्रियों को ऐसे एंकर यानी लंगर या सहारे के रूप में देखा जा सकता है, जो आपको वर्तमान की वास्तविकता और आपके चारों ओर के वातावरण से परिचित कराती हैं। आपको अहसास होता है कि अपनी इंद्रियों में शाश्वत क्षण को लेकर कितनी उर्वरता और गहराई है, देखने, सूंघने, सुनने और छूने के लिए इतना कुछ है कि मन को अमूर्त और अमूर्त दुनिया में जाने की ज़रूरत ही नहीं है।

यह पहलू इस तरह से वास्तविक और जीवंत है कि मानसिक गतिविधि उस तरह की कभी नहीं हो सकती। जब हम वर्तमान क्षण में हैं, तो जी रहे हैं। जब हम विचारों में गुम होते हैं, तो हम जीवन की छवियों और विचारों के साथ जीने और खेलने के बारे में सोचते हैं – यह वास्तव में वैसा ही जैसे कि हम केक पर सजी हुई स्वादिष्ट फ्रॉस्टिंग का स्वाद लेने के बजाय 'केक' शब्द खाने की कोशिश करते हैं।

आप वर्तमान में कैसे रहते हैं? बस, अपने चिंताग्रस्त मन से कहिए कि वह रास्ते से हट जाए और अपने शरीर को अपनी तरह से काम करने दें।

क्या आप बिना लेबल लगाए देख सकते हैं?

अपने शरीर को सक्रिय रखें और दिमाग़ को शांत

कई जाने-माने ट्रॉमा थेरेपिस्ट और विचारक भी अब मानते हैं कि ट्रॉमा वास्तव में शरीर में अटकी हुई कोई चिंता है। जब हम घबराते हैं, ख़तरे का सामना करते हैं, या डराए-धमकाए जाते हैं, तो स्वाभाविक और स्वस्थ प्रतिक्रिया होती है पलटकर लड़ना, भाग जाना, या मुसीबत के असर को कम करने के लिए कोई योजना बनाने जैसा कोई एक्शन लेना। यदि हमें अपने शरीर को कुछ करने या वास्तव में चलने-फिरने से रोका जाता है, तो चिंता हमारे शरीर में बनी रहती है। अब आप अपने पक्ष में कोई एक्शन लेने में सक्षम नहीं है, तो चिंतित ऊर्जा अंदर की ओर मुड़ जाती है और हम पर कहर बरपाती है। हम अतीत में फंसे रहते हैं, पुरानी यादों को दोहराते रहते हैं, कभी भी तनाव से पूरी तरह मुक्त होकर आगे नहीं बढ़ पाते हैं। शरीर से ट्रॉमा और तनाव को दूर करने का एक शानदार तरीक़ा है शारीरिक रूप से सक्रिय होकर इसे अपने शरीर से बाहर *निकालना।* निठल्ले बैठे रहकर अपनी चिंता को लेकर अमूर्त विचारों और आइडियाज़ के बारे में बात नहीं करें – आख़िरकार, यह सिर्फ़ और अधिक विचारों का आवागमन ही है,

अधिक चिंता और अधिक नकारात्मक चिंतन है। इसके बजाय, अपने शरीर को सक्रिय करें और आगे बढ़ें। चिंता या व्यग्रता के प्रबंधन में शरीर को दो तरीक़े से शामिल किया जा सकता है:

पहला है एक **अल्पकालिक** दृष्टिकोण : यदि आप तनावग्रस्त, हैरान-परेशान, चिंतित या शंकित हैं, तो इस तथ्य के प्रति सचेत हो जाएं और तनाव दूर करने का ध्यानपूर्वक प्रयास करें। घर से बाहर निकलें और लंबी दौड़ के लिए जाएं। अपना पसंदीदा संगीत बजाएं और अपने लिविंग रूम में पूरे जोश के साथ चहलक़दमी करें। घुटनों के बल बैठें और बाथरूम को साफ़ करें। गर्दन या कूल्हों में कोई खिंचाव हो तो उसे को दूर करने के लिए मांसपेशियों से संबंधित योग अभ्यास करें। यदि आप चाहें, तो दरवाज़ा बंद कर लें और तकिए पर मुक्का मारें! आप इसे कुछ विज़ुअलाइज़ेशन के साथ जोड़ सकते हैं और कल्पना कर सकते हैं कि जैसे-जैसे आप आगे बढ़ रहे हैं, तनाव और चिंता आपके शरीर को छोड़ती जा रही है।

ऐसा समझें कि चिंता और मानसिक तनाव दबी हुई ऊर्जा है - ऐसी ऊर्जा जिसका उपयोग किया जाए तो वह बहुमूल्य और उपयोगी है। कभी-कभी, इस तरह आगे बढ़ने के बाद, आप ऐसा महसूस करेंगे जैसे भीतर से स्थितियां 'स्थानांतरित' हो रही हैं और आपको अचानक एक अंतर्ज्ञान मिलता है, आपको एक्शन के लिए प्रेरणा मिलती हुई महसूस होती है, या किसी समस्या को हल करने के तरीक़े के बारे में एक विचार उभरता है।

दूसरा एक **दीर्घकालिक** दृष्टिकोण है : यदि चिंता करना और अधिक सोचना (ओवरथिंकिंग) आपकी पुरानी समस्या है, तो आप यह सोचते ही रहेंगे! चिंतित रहने वाले और ज़्यादा सोचने वाले लोग हमेशा विचारों में खोए रहते हैं। इसकी मारक औषधि (एंटीडॉट) है अपने शरीर से पुनः जुड़ना। आपका शरीर बुद्धिमान है - यह आपके चेतन, तर्कसंगत दिमाग़ के हस्तक्षेप के बिना अपना संतुलन बना सकता है!

चिंता करने की समस्या यदि पुरानी हो तो सुनिश्चित करें कि आप नियमित रूप से अपने शरीर को यथासंभव कई तरीक़ों से व्यस्त रखें। जीवन के बारे में सोचने के बजाय शारीरिक रूप से व्यस्त रहें। महीने में एक बार मालिश करवाएं (इससे आपको समर्पण करने में भी मदद मिलेगी!)। नियमित रूप से नृत्य का अभ्यास करें, ताई ची या योग-आसन करें, या मार्शल आर्ट, खेलकूद या साधारण एरोबिक्स करके अपने शरीर और दिमाग़

के संबंध को मज़बूत करें। जैसे बचपन में पेड़ पर चढ़ते थे, वैसे ही अब चढ़कर देखें। यदि इससे आपका शरीर गतिशील होता है और आपको अच्छा लगता है, तो इसे अपनी दिनचर्या में शामिल कर लें।

एक संवेदनात्मक ध्यान

सोचें कि आपका अस्तित्व एक रेडियो है, जिसे एक समय में केवल एक ही स्टेशन पर ट्यून किया जा सकता है – या तो सोचने वाला और नकारात्मक चिंतन करने वाला दिमाग़, या स्थिर और वर्तमान से सजग, इंद्रियों के माध्यम से आने वाले जीवन के प्रवाह के प्रति जागरूक। फिर चाहे पहला स्टेशन हो या दूसरा। जब आप नीचे दिए गए संवेदनात्मक ध्यान का अभ्यास करते हैं, तो आप अत्यधिक सोचने वाले (ओवरथिंकर) मन को शांत कर रहे होते हैं और अपने उस हिस्से को मज़बूत कर रहे होते हैं, जो सुखद है और हमेशा सामने मौजूद वर्तमान में रहता है। यह ध्यान किस तरह करना है, यहां बताया जा रहा है।

दिन में एक बार (या जितनी बार आप कर सकते हैं), अपने आप को एक संवेदनात्मक अनुभव में पूरी तरह से डुबोने का काम दें। अनुभव कोई भी हो सकता है। यह भी हो सकता है कि पकी हुई, रसदार नाशपाती खाते समय आप कई गूढ़ स्वादों और बनावटों का आनंद लेते हुए पूरे पांच मिनट बिता दें। या फिर यह हो सकता है कि आप अपनी आंखें बंद कर लें और अपनी सजगता के प्रत्येक परमाणु को एक सुंदर, मर्मस्पर्शी संगीत पर केंद्रित कर दें। या फिर यह हो सकता है कि आप चुपचाप बैठ जाएं और बस सांस लें, अपने फेफड़ों में आने-जाने वाली सांस की संवेदनाओं का आनंद लें।

कोई ऐसी गतिविधि ढूंढ़ें जो आपको प्रसन्न करने वाली हो या जिसमें आपकी रुचि हो। बैठें, अपनी चेतना के साथ पूरी तरह से उसके साथ वर्तमान में उपस्थित होने के अलावा कोई अन्य इरादा मन में नहीं पालें। पर्याप्त समय लें। वास्तव में ध्यान दें कि आप कर क्या रहे हैं। कल्पना कीजिए कि आप यह सामान्य, रोज़मर्रा का काम पहली बार कर रहे हैं, या कि आप एक नवजात शिशु हैं और आपने पहले कभी अपनी इंद्रियों का उपयोग नहीं किया है।

समय के साथ, यह अभ्यास आपके भीतर यह विश्वास जगाएगा कि वर्तमान क्षण कितना शाश्वत और असीम है। इसके अंदर रहना और इसकी सभी रूप-रेखाओं को महसूस करना कितना गूढ़ और रोमांचकारी है। जब हम उतावले और चिंतित होते हैं और मन के साथ तादात्म्य स्थापित करते हैं, तो वर्तमान क्षण तुच्छ और अरुचिकर लगता है। इस प्रकार का संवेदनात्मक सजगता का अभ्यास हमें उस अविश्वसनीय संपदा की याद दिलाता है, जो हमारे चारों ओर बिखरी है, बस हमें केवल उसे सही मायने में महसूस करने के लिए पर्याप्त समय निकालना होगा।

यह स्वत: ही आपके अंदर निश्चिंतता और स्थिरता पैदा करेगा। व्यस्त और तनावग्रस्त मन को शांत करेगा।

निष्कर्ष

- घबराहट, चिंता, नकारात्मक चिंतन, बेचैनी और ओवरथिंकिंग हमारे भीतर अपने जीवन को लेकर चल रही मानसिक बकबक और आख्यानों के साथ बहुत अधिक जुड़ाव के कारण उत्पन्न हो सकती है। ये विचार अक्सर संज्ञानात्मक विकृतियों, पूर्वाग्रहों, भ्रामक अपेक्षाओं, भय और सरासर तर्कहीनता से भरे होते हैं। हमारा मस्तिष्क अतीत या भविष्य का विचार करके तनावपूर्ण मानसिक गतिविधियों को जन्म दे सकता है, लेकिन शांति और स्थिरता केवल एक ही स्थान पर होती है : वर्तमान में।
- हमारे पास केवल वर्तमान ही है। वर्तमान में समर्पण, स्वीकृति और स्थिर सजगता का मतलब यह नहीं है कि हम निष्क्रिय हैं या हार मान रहे हैं – यदि हम कोई काम कर सकते हैं, तो करते हैं। यदि हम नहीं कर सकते, तो हम परिस्थिति को स्वीकार कर लेते हैं। चिंता या नकारात्मक चिंतन की ज़रूरत नहीं है। भले ही हमारा मस्तिष्क हमें यह सुझाव देता हो कि हमें जल्दबाज़ी करने और सब कुछ नियंत्रित करना होगा, लेकिन याद रखें कि चिंता करना या ओवरथिंकिंग से वास्तव में हमारी समस्याओं का समाधान नहीं होता, या इनसे हमें किसी तरह की मदद भी नहीं मिलती।

- वर्तमान क्षण के साथ सहज होने का अर्थ है धैर्य, विनम्रता, हास्य-विनोद, अनिश्चितता के प्रति सहनशील बनना और क्षण का प्रतिकार या विरोध करने के बजाय लचीला रवैया अपनाकर उस क्षण के साथ अनुकूल बनना।
- दर्द अपरिहार्य और क्षणभंगुर है। लेकिन दु:ख वह है जो हम अपने दर्द के प्रति प्रतिक्रिया में व्यक्त करते हैं, और इससे बचा जा सकता है। यदि हम दर्द का प्रतिरोध करके, उसके बारे में कहानियां सुनाकर, या बार-बार उसे अतीत में वापस खींचकर उससे चिपके रहते हैं, तो हम अपने लिए दु:ख पैदा करते हैं। शांत और सक्रिय लोग दर्द को स्वीकार करते हैं और उसे गुज़र जाने देते हैं और खुद को अनावश्यक दु:ख में फंसने नहीं देते हैं।
- आपका शरीर, आपकी पांचों इंद्रियां और आपकी चेतन जागरूकता वर्तमान क्षण में आपके लिए सहारा हैं। जब भी आप शरीर के माध्यम से वर्तमान क्षण में प्रवेश करते हैं तो आप अन्यत्र के बजाय यहीं और अभी में रह सकते हैं। आपके चंचल मन को अपनी शारीरिक गतिविधियों के माध्यम से, या संवेदनात्मक ध्यान के माध्यम से स्थिर करें।

5

मिश्रित दृष्टिकोण हो सकते हैं

इस अध्याय में, हम अपने फ़ोकस को थोड़ा स्थानांतरित करेंगे और ओवरथिंकिंग के उस पहलू पर विचार करेंगे जिससे कुछ लोग शायद निराशाजनक रूप से परिचित होंगे। हमने स्थिरचित्त, शांतिपूर्ण सजगता के साथ और बिना किसी धारणा, लेबलिंग या व्याख्या के वर्तमान क्षण तक पहुंचने के बारे में विस्तार से बात की है। हमारी व्यग्रता निश्चित रूप से भविष्य की चिंता या अतीत के पछतावे का रूप ले सकती है, लेकिन हममें से कुछ लोगों के लिए, हमारा नकारात्मक चिंतन और ओवरथिंकिंग एक विशेष प्रकार की संज्ञानात्मक विकृति के रूप में सामने आती है और यह विकृति है धारणा बनाना या किसी के बारे में कोई अपना निर्णय देना।

निर्णय स्वयं के लिए या दूसरों के लिए? दोनों में समानता हो सकती है!

निर्णय करना आसान है : यह कुछ ऐसा है कि कभी परिस्थिति क्या **है** और हम सोचते हैं कि यह कैसी **होनी चाहिए** – हम इन दोनों की तुलना करते हैं। इसे आप अपनी पुरानी सीधे-सीधे टाल देने, अस्वीकार करने या फिर वास्तविकता के साथ बहस करने की आदत के रूप में पाएंगे। इसे हम अपने संदर्भ में देख सकते हैं ('मैं उलझ रहा हूं। मुझे टकराव नहीं करना चाहिए। यह एक समस्या है। इसका मतलब है कि मैं एक बुरा इंसान हूं'), या फिर आप इसे दूसरों के संदर्भ में देख सकते हैं, ('उनका मेरे साथ व्यवहार अच्छा नहीं था, उनको इस तरह से नहीं करना चाहिए था, यह एक समस्या है, वह व्यक्ति ख़ुद एक समस्या है')।

जब हम कोई धारणा बना लेते हैं, निर्णय ले लेते हैं, तो इससे हमारे और दूसरों के प्रति स्वीकार करने, प्यार करने और सहानुभूति जताने की हमारी क्षमता पर प्रभाव पड़ता है। इससे हमारा ध्यान सीमित हो जाता है, हम चिंताग्रस्त हो जाते हैं और हमारा ध्यान नकारात्मक बातों पर केंद्रित होने लगता है। जब हम अपने अहंकार को–क्या होना चाहिए–इस कहानी के साथ बीच में आने की अनुमति देते हैं, तो हम कभी-कभी हमारे एक्शन और घटनाएं वास्तविकता को लेकर भ्रमित हो जाते हैं – उदाहरण के लिए, यदि किसी ने एक बार हमारे साथ बुरा व्यवहार किया था, तो हम यह निष्कर्ष निकालते हैं कि एक इंसान के रूप में वह मूल रूप से बुरे ही हैं, हमेशा से वैसे ही हैं। वह व्यक्ति जो इस क्षण में मौजूद है, संभावनाओं से भरा हुआ है, हम उससे संबंध बनाना बंद कर देते हैं, और उसको लेकर हमारे मन में जो *कहानी* है, या कोई स्मृति है, या जो भूमिका हमने उन्हें सौंपी थी, हमें जो उससे अपेक्षा थी – उससे जुड़ना शुरू करते हैं। हम भूल जाते हैं कि हमने ही तो ये निष्कर्ष निकाले थे, और फिर हम अपनी कहानियों को अपडेट करने में विफल हो जाते हैं!

लेकिन जैसा कि हमने देखा है, बिना किसी धारणा या निर्णय के विशुद्ध ध्यान और सजगता शांत और संतुष्ट रहने की कुंजी है। इससे आप अपने आस-पास के प्रति भी अच्छे बने रहते हैं और यह स्वयं को स्वीकार करने में भी अधिक सक्षम बनाता है!

कम से कम मूल्यांकन कैसे करें

किसी का अपने हिसाब से मूल्यांकन नहीं करना या निर्णय नहीं देना ऐसी बात नहीं है जो हम केवल दूसरों के प्रति अच्छा बनने के लिए करते हैं। हम इसे अपने लिए और अपने स्वास्थ्य और मन की शांति के लिए करते हैं। यदि हम दूसरों का मूल्यांकन करते हैं, तो बड़ी संभावना है कि हम वही रवैया अपने साथ भी अपना लें, जिससे अप्रसन्नता, तनाव और असंतोष पैदा होगा।

जब हम ध्यान यानी मेडिटेशन करते हैं और उस क्षण का वैसे ही सामना करने का प्रयास करते हैं जैसा वह है, तो इसका अर्थ है हम जो कर रहे होते हैं, उससे जुड़ी हर नई अनुभूति की ओर मुड़ते हैं और कहते

हैं, 'हैलो! आप कौन हैं? आप दिलचस्प हैं, स्वागत है आपका। मुझे आप स्वीकार हैं।' हम संवेदना को लेबल करने यानी कोई नाम देने या वर्गीकृत करने या यह तय करने की कोशिश नहीं करते हैं कि यह अच्छी है या बुरी, हमें यह पसंद है या नहीं, इसका क्या मतलब है, यह कहां ले जा रही है, यह 'होना चाहिए' या नहीं, वग़ैरह।

जब हम निर्णय लेने का विचार छोड़ देते हैं, तो हम *अपने और दूसरों के प्रति* भी ऐसा ही करने का मौक़ा देते हैं। जब हमारा सामना किसी दूसरे इंसान से होता है, तो हम ऐसा कुछ कर सकते हैं : 'नमस्कार! आप कौन हैं? आप बड़े दिलचस्प हैं, आपका स्वागत है। मैं आपको स्वीकार करता हूं', भले ही हम उन्हें बीस वर्षों से जानते हों या बस उसी समय मिले हों। भले ही वह हमसे सहमत हों या नहीं, वह क्या पहन रहे हैं, क्या कर रहे हैं या क्या कह रहे हैं, और उनकी हमारे बारे में क्या राय है। हम उनसे वैसे ही मिलते-जुलते हैं जैसे वह इस समय हैं और किसी राय पर पहुंचने की अपनी इच्छा को स्थगित कर देते हैं।

हम वर्तमान क्षण में अपने आपका सामना करके वही बात कह सकते हैं। 'नमस्ते! आज आप कौन हैं?' आप भूल जाएं कि कल क्या हुआ था। आप अपने आप को लेबल नहीं करते हैं। आप यह मत मानिए कि चूंकि आप कल विफल हुए थे इसलिए आप आज भी विफल ही होंगे। आप क्या कर सकते हैं और क्या नहीं, इसको लेकर कहानियों और अपेक्षाओं पर टिके नहीं रहते। आपका कोई इतिहास नहीं, कोई भूमिका नहीं। आप स्वयं का सामना वैसे ही करें जैसे आप इस क्षण में जीवित हैं।

> जब हम अपने आप से या दूसरों से सामना करते हैं, तो हम अक्सर अपने दिमाग़ में भरी हुई ढेर सारी निरर्थक बातों के कारण उनके वास्तविक स्वभाव को भूल जाते हैं : हम उनके क्षणिक व्यवहार को लेकर भ्रमित हो सकते हैं कि वे पूर्ण अर्थों में कौन हैं। ('वह आदमी जो ट्रैफ़िक में मुझ पर नाराज़ हुआ था, शायद चौबीसों घंटे पागलों की तरह ही व्यवहार करता है।')
>
> हो सकता है कि हम यह मान लें कि वे वही हैं जिस वर्ग से वे आते हैं, उन पर जो लेबल लगा है और किस प्रकार के

हैं। ('ओह, वह स्वीडिश है। वह वास्तव में व्यवस्थित और कुशल है।')

हम उन पर भावनात्मक प्रतिक्रिया जता सकते हैं और शायद हमेशा उसी लेंस के जरिये उनकी व्याख्या करें। ('मेरे पिता ने बचपन में मुझे तंग किया। मुझे इसकी परवाह नहीं है कि अब वह क्या कहना चाहते हैं, वह मेरे लिए मर चुके हैं।')

जैसा हम उन्हें लगातार देखते हैं, उनकी पहचान को लेकर एक निश्चित आख्यान गढ़ने को मजबूर हो सकते हैं। ('मेरी बहन परिवार में सबसे छोटी है! मुझे पता है कि वह अब उनतीस साल की है और अब तो मां भी बन चुकी है, लेकिन मैं जब भी उसे देखता हूं, तो मैं उसे उसके बचपन के निकनेम से बुलाने से ख़ुद को नहीं रोक पाता।')

हम शायद सोच सकते हैं कि भिन्नता या विलक्षणता ग़लत है या ख़तरनाक है। ('वह उस अजीब धर्म का पालन करती है। वह पागल है, मैं उस पर भरोसा नहीं करूंगा।')

लेकिन इन सब तुरत-फुरत सोच-विचार और धारणा-निर्माण के बजाय, हम वास्तव में कुछ अलग कर सकते हैं : समझें कि ठीक इस समय हमारे सामने क्या है। कोई भी निर्णय हमारे मन से आता है, जबकि जब हम शुद्ध चेतना में होते हैं, तो हम निर्णय नहीं करते, धारणा नहीं बनाते – हम केवल अनुभव करते हैं। हमने देखा है कि लोग जटिल, गतिशील और आमतौर पर बहुत अच्छे होते हैं! यदि आप लगातार दूसरों या ख़ुद को देखते हैं और केवल वही देखते हैं जो आपको लगता है कि होना चाहिए, तो आप वर्तमान क्षण में जो कुछ है, उसके प्रति बेख़बर हैं। ऐसे में आप वास्तविक संबंध कैसे बना सकते हैं, और इस दृष्टिकोण के साथ आप अपने साथ शांतिपूर्ण संबंध कैसे बना सकते हैं?

हममें से बहुत से लोग अन्य लोगों के साथ नहीं, बल्कि उनकी तसवीरों और विचारों के साथ लगातार बहस में लगे हुए हैं। हम इस दृष्टिकोण के साथ जीते हैं कि हम कौन होते या हम सोचते हैं कि हमें वैसा होना चाहिए या हम आशा करते हैं कि हम वैसे हो सकते हैं, जबकि हम वास्तव में जो हैं, उस विलक्षणता को भूल जाते हैं। ऐसा लगता है जैसे

हमारे मुखौटे उनके मुखौटों से बात कर रहे हैं, और मुखौटों के नीचे के लोग वास्तव में एक दूसरे को कभी नहीं देखते या जानते नहीं हैं।

हम जो कहानियां बनाते हैं, उनके साथ टकराव और मुसीबतें भी आती हैं। हमारी व्याख्याएं और मूल्य निर्धारण स्वचालित होते हैं और वे हमें दुनिया को और अपने आपको समझने में मदद करते हैं। लेकिन उन्होंने हमें उन सभी बातों से दूर भी कर दिया! क्योंकि लोगों के बारे में हम जो विचार रखते हैं, वे वैसे नहीं हैं। वे वास्तविक, जीवंत, परिवर्तनशील और आश्चर्यजनक रूप से जटिल प्राणी हैं। आप की ही तरह!

यहां अन्य लोगों के साथ (और अंततः स्वयं के साथ) कम जजमेंटल होने का एक अच्छा अभ्यास है : तथ्यों पर टिके रहें। व्याख्याएं, मूल्य निर्धारण, वर्गीकरण या प्रतिक्रियाओं पर नहीं, सिर्फ़ तथ्यों पर बने रहें। स्थितियां अभी 'जैसी हैं, वैसी' हैं। लोग भी बिलकुल वैसे ही है, जैसे वर्तमान क्षण में हैं।

आइए एक उदाहरण देखें। आप सड़क पर किसी के पीछे चल रहे हैं और देखते हैं कि वह चॉकलेट का रैपर ज़मीन पर फेंककर आगे बढ़ जाता है। आपको तुरंत गुस्सा आता है और आप उसके लिए एक राय बना लेते हैं। 'कैसा नालायक़ आदमी है! मेरे मन में इसके लिए कोई सम्मान नहीं है। मुझे गंदगी फैलाने वाले लोगों से नफ़रत है, यह बड़ी असभ्यता है।' चलिए, आपने एक खलनायक और एक नायक (आप) के साथ एक छोटी-सी अच्छी कहानी बना ली, और आपके भीतर बहुत क्रोध भर गया, आपको लगा अन्याय हुआ है। फिर, आप और आगे बढ़े। 'आजकल लोगों में बिलकुल भी शिष्टाचार नहीं है। संसार का नाश होने जा रहा है। मैं बहुत निराश हूं। ऐसा पढ़ाई-लिखाई की कमी की वजह से है, या किसी और कारण। ईमानदारी से कहूं तो, यही कारण है कि धरती पर इतनी गंदगी है, किसी को कोई परवाह नहीं है! कोई भी आसपास के वातावरण का ख़याल नहीं रखता है।'

बहुत खूब! क्या कहानी बनाई है। आइए बारीक़ी से देखें कि वास्तव में क्या हुआ है? *केवल तथ्य?*

किसी ने सड़क पर चॉकलेट का रैपर गिरा दिया। इतना ही। और बाक़ी? सब राय है। यह सब वास्तविकता के साथ एक तर्क है। हमारा

अहंकार यह कहने के लिए बेताब है कि स्थितियां कैसी होनी चाहिए। संयोग से, यह अत्यधिक चिंता का विषय भी है!

आप इस क्षण रुककर विचार कर सकते थे कि आप ब्रह्मांड के सीईओ नहीं हैं। आप वर्तमान क्षण को अस्वीकार कर सकते हैं, साथ ही उस क्षण में आपके साथ मौजूद व्यक्ति को भी नज़रअंदाज़ कर सकते हैं, या वह व्यक्ति जो और जैसा है उसे स्वीकार कर सकते हैं। सड़क पर चॉकलेट का एक रैपर पड़ा है। आपका दिमाग़ चुनता है कि किसी को दुष्ट, आलसी, स्वार्थी के रूप में लेबल लगाना है। सड़क पर पड़ा रैपर नहीं, बल्कि ये लेबल आपको चिंतित और दुखी करते हैं।

इस छोटे-से क्षण में आप एक साथी इंसान के साथ युद्ध करने पर उतारू हो गए। आपके मन में उस इंसान के ख़िलाफ़ नफ़रत और अन्याय की भावनाएं जाग गईं। अब आप इस क्षण में नहीं हैं, आपने जो कहानी गढ़ी है, उसमें पूरी तरह शामिल हैं और यह एक बदसूरत कहानी है। मन, हमारा मददगार बनने की कोशिश करते हुए सोचता है कि हर स्थिति का आकलन करना और उसका वर्गीकरण करना ज़रूरी है। लेकिन इसके बारे में सोचें: क्या यह वास्तव में इतना अतिआवश्यक मामला है कि आप निर्णय लें कि जीवन में अच्छे और बुरे कौन हैं? क्या यह वास्तव में किसी भी तरह से आपको यह निर्णय लेने में मदद करता है कि आप अच्छे हैं या बुरे? हम मान लेते हैं कि हमारी राय से दुनिया बदल जाती है। हम सोचते हैं कि किसी के बारे कोई राय बनाने का मतलब है किसी व्यक्ति को परख़ने की क्षमता। शायद हम सोचते हैं कि अगर हमें यह नहीं मालूम कि हम किससे बेहतर हैं या हम किससे असहमत हैं तो हमारा पूरा व्यक्तित्व ही बिखर जाएगा!

समस्या यह है कि इस सब की एक क़ीमत चुकानी पड़ती है : यह हमें चिंतित और दुःखी करता है।

अगली बार जब आप किसी और के साथ हों, तो केवल *तथ्यों पर* ध्यान केंद्रित करने का प्रयास करें। वह व्यक्ति जो बात कह रहा है उसे सुनें। उसके चेहरे को देखें। महसूस करें कि वर्तमान क्षण में उसके साथ रहना कैसा लगता है। कल्पना कीजिए कि आप उससे पहले कभी नहीं मिले हैं और आप उसे पहले-पहल जान-पहचान रहे हैं। वास्तव में, यदि आप पूरी तरह से मौजूदा पल में हैं, तो आप हर पल उससे नए सिरे से अजनबियों की तरह मिल रहे *हैं!*

जब उस व्यक्ति के बारे में कोई राय आपके मन में बने, तो उसे उसी समय परखें। उस क्षण अपनी धारणा को बनते हुए देखें।

> 'वह एक बूढ़ा आदमी है। उनकी पीढ़ी के सभी लोग ऐसे ही हैं। कितना बोरिंग!'
>
> 'मूर्ख लोग।'
>
> 'उसके माता-पिता अमीर हैं, उसे कभी भी मेरी तरह कड़ी मेहनत नहीं करनी पड़ी।'
>
> 'वह वास्तव में बड़ी नस्लवादी है, और मेरे पास उस जैसे लोगों के लिए समय नहीं है।'
>
> 'क्या तुमने वह उपहार देखा जो वे लेकर आए थे? अरे बाप रे। कितना घटिया था।'

ज़रा इस पर ध्यान दें। ध्यान दें कि किसी व्यक्ति की कहानी वास्तव में उस क्षण में सांस ले रहे व्यक्ति से कितनी भिन्न होती है। देखें कि क्या आप ध्यानपूर्वक कहानी को एक पल के लिए अलग रखकर, उस पल में फिर से उस व्यक्ति के साथ रह सकते हैं। आज की दुनिया बिखराव और 'हम बनाम वे' की सोच में संलग्न होने का निमंत्रण देने वाली है। इनके कारण चिंता और अप्रसन्नता उपजती और बढ़ती है।

अब, यह कहने की कोई आवश्यकता नहीं रह जाती कि आपसी संवाद के दौरान आपके मन में वास्तविक, वर्तमान-आधारित भावनाएं नहीं हो सकतीं। यदि कोई वर्तमान में आपके साथ असभ्यता कर रहा है, तो उस पर ध्यान दें। लेकिन सबसे पहले इस बात पर नज़र रखें कि आप उसमें अपनी ओर से कुछ अतिरिक्त बात को जोड़ नहीं रहे :

> अपनी ओर से **मान लेना ठीक नहीं।** जब आप किसी बात में नामौजूद जानकारी डालते हैं, तो आप तसवीर में अपने पूर्वाग्रह का रंग भरते हैं। ज़रा तसवीर देखिए। वे हँसे। यह एक तथ्य है। लेकिन यह आपकी धारणा है कि वे इसलिए हँसे, क्योंकि वे आपका मज़ाक़ उड़ा रहे थे।
>
> **व्याख्या नहीं करें।** आप वास्तव में नहीं जानते कि घटनाएं क्यों घटित होती हैं। उनकी ओर से आपको संदेश नहीं मिला

है। बात बस इतनी ही है। यह मानना लेना कि इसका 'अर्थ' अमुक-अमुक है- एक व्याख्या है जो आपके दिमाग़ से निकलती है, ना कि आपके समक्ष उपस्थिति वर्तमान क्षण से।

रक्षात्मक नहीं बनें। इसके बजाय, मान लें कि हर कोई अपना सर्वश्रेष्ठ प्रदर्शन कर रहा है और किसी भी व्यक्ति को दुनिया का, दूसरे लोगों या अपना दुश्मन नहीं बनाएं। जब आप रक्षात्मक होते हैं, तो आपको हर जगह ख़तरे दिखाई देते हैं।

उम्मीद नहीं रखें। यदि आप अनुमान लगा रहे हैं कि क्या होगा, भविष्यवाणी कर रहे हैं, या किसी विशेष परिणाम की प्रतीक्षा कर रहे हैं, तो आप वर्तमान में मौजूद नहीं हैं। आप तो बस पहले से ही किसी नतीजे पर पहुंचने की जल्दी में हैं। आप जीवन के नाटक के निर्देशक नहीं हैं! जीवन को उजागर होने दें। इसे आपको चौंकाने दें।

दिमाग़ पढ़ने की कोशिश नहीं करें। जब हम अनुमान लगाते हैं कि किसी के दिमाग़ में क्या चल रहा है, तो हम उस क्षण की गतिशीलता और जटिलता को सरल करते हुए, ग़लत कहानी में बदल देते हैं।

ऊपर बताई गए सभी काम करने की प्रवृत्ति को दबाने का एक तरीक़ा **जिज्ञासु** बनना है : अपने सामने वाले व्यक्ति या स्थिति के बारे में सवाल पूछें। ज़बरदस्ती अपनी राय बनाकर आगे बढ़ने के बजाय, मानो आप पहले से ही उस व्यक्ति और स्थिति के बारे में सब कुछ जानते हैं, विनम्र बनें और मान लें कि आप वास्तव में कुछ भी नहीं जानते हैं। लोगों को बदलने दें। उन्हें विस्तारित होने दें और विरोधाभासों को समाहित करें। उन्हें आपसे भिन्न बने रहने दें। उन्हें भ्रमित करने वाला या समझ से बाहर बने रहने दें। वैसे भी कौन कहता है कि आपको लोगों को सबको औरर सबकुछ समझने की ज़रूरत है? आप इसके बावजूद उनके प्रति सहानुभूति और प्रेम जता सकते हैं!

उम्मीदें रखना निराशा का नुस्ख़ा है। और, दूसरे लोगों से अपेक्षाएं रखना किसी के प्रति अपनी राय बनाने का नुस्ख़ा है। यदि आप देखते है कि कोई आपकी आलोचना कर रहा है, तो ठहरें, लंबी सांस लें और उनकी

किसी बात की सराहना करने के लिए अपने आपको प्रेरित करें। कोई बात नहीं कि उन्होंने कुछ तक़लीफ़देह बात कह दी जिस पर आपने प्रतिक्रिया दी। लेकिन क्या आप बस इसी बात को उनसे और अपने आपसे नाराज़ होने का कारण बना सकते हैं, और अपना ध्यान उन सभी बातों से हटा सकते हैं, जिन्हें आप इस क्षण स्वीकार करके उनकी सराहना कर सकते हैं?

जब आप अपना ही मूल्यांकन करते हैं

जिस तरह से हम अन्य लोगों का सामना करते हैं, ठीक उसी तरह हम खुद का भी सामना करते हैं। आप कड़ी और आलोचनात्मक बातें दूसरों पर थोपते हैं? जब आपका अपने आपसे सामना होता है, तो ठीक यही आवाज़ आपके दिमाग़ में होती है। आत्म-निंदक होना और अपने प्रति आत्म-सम्मान की कमी अक्सर वास्तविकता के प्रति उसी अस्वीकार्यता और प्रतिरोध के कारण होता है, जिस पर हम इस पुस्तक में चर्चा कर रहे हैं।

हम इस वास्तविकता को देखते हैं कि हम कौन हैं, और हम जैसे हैं, वैसे ही अपने आपको स्वीकार नहीं कर पाते हैं। इसके बजाय, हम अपेक्षाओं, धारणाओं, व्याख्याओं और अंतहीन कहानियों में बहकने लगते हैं। हम अपनी तुलना अनेक 'होना चाहिए' से करते हैं और अपने आपको अभावग्रस्त पाते हैं। जगज़ाहिर है इससे चिंता और असंतोष के अलावा और कुछ हासिल नहीं होता है।

अक्सर, अपनी सहायता आप करने वाली दुनिया में स्व-मूल्यांकन या आत्म-आलोचना का उत्तर पाने के लिए विपरीत दिशा में जाना होता है यानी 'आत्म-प्रेम'। लेकिन वास्तव में, आपको अपने आपसे प्रेम करने की ज़रूरत नहीं है। कितनी राहत की बात है! आख़िरकार, आप जो हैं, जैसे हैं उसकी प्रशंसा करना और यह महसूस करना कि आप अद्भुत हैं, एक तरह से राय बनाना ही है। आप तुलना कर रहे हैं कि क्या है और क्या होना चाहिए और आप पाते हैं कि दोनों बातें अच्छी तरह से मेल खा रही हैं, और इसीलिए, इसका मतलब है कि आपको अपने बारे में अच्छा महसूस करना चाहिए।

ऐसा करना अस्थायी रूप से कारगर हो सकता है। लेकिन कहीं अधिक स्थायी और भीतर से बहुत संतुष्टि देने वाला दृष्टिकोण यह है कि

वास्तव में सभी 'होना चाहिए' को पूरी तरह से भुला दिया जाए और जो है, उसे सही मायने में स्वीकार किया जाए। क्या आप *जैसे हैं, वैसे ही बने* रहकर अच्छा महसूस करने और अपने भीतर शांति और संतोष महसूस करने का साहस कर सकते हैं? यह आत्मविश्वास या आत्म-प्रेम से भी अधिक गहरी भावना है। यदि किसी दिन आपका मूड ख़राब हो जाता है, और आप जो हैं उसके बारे में बुरा महसूस करते हैं, तो क्या आप उस *भावना* को अपना सकते हैं? हममें से बहुत से लोग सोचते हैं कि आत्म-प्रेम और सहानुभूति एक अच्छा आइडिया लगता है, लेकिन हम इसे भविष्य में (अन्यत्र...) इस्तेमाल करने के लिए सुरक्षित रख देते हैं। यदि हमें वर्तमान क्षण में पता चलता है कि हम वास्तव में ख़ुद से नफ़रत करते हैं और बुरा महसूस करते हैं, तो हम सोचते हैं कि हमारे साथ कोई समस्या है, कि कुछ ग़लत है, और हम इसका विरोध करते हैं।

लेकिन क्या होता है जब हम उस क्षण को अपना लेते हैं, स्वीकार कर लेते हैं – **चाहे वह कैसा भी हो?**

यदि हम गुस्सा हो रहे हैं और परेशानी महसूस कर रहे हैं? हम इसे स्वीकार करते हैं।

अगर हम ख़ुश और आशावान महसूस कर रहे हैं? हम इसे स्वीकार करते हैं।

अगर हम दुविधा में हैं और भ्रमित महसूस कर रहे हैं? हम इसे स्वीकार करते हैं।

क्या हमको ऐसा लग रहा है कि हम संभवतः यह स्वीकार नहीं कर सकते कि हम इस क्षण में कैसा महसूस कर रहे हैं? पर, हम इसे भी स्वीकार करते हैं।

वर्तमान क्षण में जो कुछ भी हमारे सामने आता है, हमें उसकी ओर शांतचित्तता, सजग सहानुभूति और जिज्ञासापूर्वक ध्यान देना है। बस इतना ही करना है। ग़ौर करें कि आपका मन यह कहने के लिए बेताब है, निश्चित रूप से, एक दिन मैं अपने आपको स्वीकार करने वाल एक लाजवाब शांत इंसान बनूंगा... 'इस पर भी ग़ौर करें कि आपका दिमाग़ हरक़त में आ रहा है : ठहरो! यह काम इतना भी आसान नहीं हो सकता। इसमें किसी न किसी प्रकार की समस्या अवश्य आएगी...' अपने आप को यह सब करते हुए देखें और उसे भी स्वीकार करें।

निर्णय नहीं : द्वंद्व नहीं

राय बनाने की बुनियादी वजहों और इसके कारण होने वाले चिंता और पीड़ा के बारे में हम बौद्धों से जान सकते हैं। अद्वैत की चर्चाएं बहुत जल्दी अमूर्त और दार्शनिकता की ओर मुड़ सकती हैं, लेकिन इनकी अवधारणाएं अपने आप में सरल होती हैं।

इसमें यिन और यैंग है। इसमें कोई समस्या नहीं है।

हम द्वंद्व भरी दुनिया में रहते हैं – इसमें अच्छा और बुरा, ऊपर और नीचे, जीवन और मृत्यु, काला और सफ़ेद है। ये विरोधाभास एक–दूसरे को दर्शाते हैं और एक–दूसरे पर भरोसा करते हैं – दुःख के बिना ख़ुशी नहीं है। कोई भी स्थिति अकेली नहीं होती, बल्कि अपनी विपरीत स्थिति के साथ उसके संबंध लगातार बदलते रहते हैं। हम जानते हैं कि यह दिन है क्योंकि यह रात नहीं है। तो, दिन और रात एक दूसरे के साथ एक मौलिक, अपरिवर्तनीय संबंध में हैं। इसमें कोई समस्या नहीं है।

चिंता और नकारात्मक चिंतन की स्थिति में इसका क्या मतलब है? और यह हमें अपने आपको और दूसरों को आंकने की हमारी प्रवृत्ति के बारे में क्या बताता है?

प्रत्येक निर्णय के मूल में द्वंद्व है :

'वे ग़लत हैं।' (और मैं सही हूं।)
'यह बहुत दुर्भाग्यपूर्ण दुर्घटना है।' (अर्थात, यह विचारपूर्वक नहीं की गई या वांछनीय नहीं है।)
'वह परफ़ेक्ट आउटफ़िट है।' (बाक़ी इतने परफ़ेक्ट नहीं हैं।)

मन एक चाकू की तरह है, जो संपूर्ण वास्तविकता को दो भागों में बांट देता है : यह और वह। हम किसी व्यक्ति को कुछ करते हुए देखते हैं, हम उसे 'बुरा' कहते हैं और फिर हम उस व्यक्ति और उसके कार्यों को समग्रता से अलग कर देते हैं। वह अब बुरे समूह से जुड़ गया है, जो अच्छे समूह से अलग है। हम ऐसा ही अपने साथ भी करते हैं। हम भीतर किसी बात (एक भावना, एक विचार) को देखते हैं और निर्णय ले लेते हैं। उदाहरण के लिए, कि यह अस्वीकार्य है। हमारा दिमाग़ इसे अलग कर देता है, और

हम इसे हममें से बाक़ी लोगों से अलग कर देते हैं। निर्णय लेते समय मन ये काट-छांट और विभाजन पैदा करता है, लेकिन ये सब एक भ्रम है - स्थिति हमेशा *संपूर्ण या अखंड* थी।

जब हम भूल जाते हैं कि सब कुछ संपूर्ण है, तो हम सहानुभूति दिखाना बंद कर सकते हैं, अपनी सजगता को सीमित कर सकते हैं, और दुश्मनों और उन चीज़ों को ढूंढ़ना शुरू कर सकते हैं जिनके विरुद्ध दबाव डाला जा सकता है। हम यह देखना-सोचना बंद कर देते हैं कि हम सभी मानवता का हिस्सा हैं, और हम नस्ल, लिंग, राजनीतिक समूह और राष्ट्र देखना शुरू कर देते हैं। हम खुद को परिपूर्ण, संयुक्त समग्रता के रूप में देखना बंद कर देते हैं, और ख़ुद को अच्छे और बुरे हिस्सों, ताक़त और कमज़ोरियों, गर्व करने योग्य और शर्मिंदा होने वाली चीज़ों के संग्रह के रूप में देखना शुरू कर देते हैं। और यह काट-छांट अत्यंत तनावपूर्ण होती है!

जब हम द्वंद्व के साथ जी रहे होते हैं, तो सब कुछ विभाजित हो जाता है, और जब हमारे पास दो हिस्से होते हैं, तो हम स्वचालित रूप से निर्णय लेते हैं कि कौन-सा आधा बेहतर है। और फिर उसके साथ चिंता, निराशा, हक़दारी और *चाहिए* और *होना चाहिए* आदि जैसी बातें जुड़ने लगती हैं। हम एक बार फिर से अत्यधिक सोचने वाले चंचल दिमाग़ (ओवरथिंकिंग मंकी माइंड) में हैं, हम वर्तमान क्षण से बाहर हो गए हैं, और हम किस्से-कहानियों और नकारात्मक चिंतन में जी रहे हैं। और वह कहानी कितनी अच्छी होगी, अगर उसमें कोई समस्या और समाधान नहीं होगा, एक बुरा आदमी और एक अच्छा आदमी नहीं होगा, टीम ए और टीम बी नहीं होगी?

एक ओर, हमारे पास हैं :

द्वंद्व, निर्णय, कहानियां, वर्तमान की अस्वीकृति, विभाजन और चिंता।

दूसरी ओर, हमारे पास हैं :

कोई द्वंद्व नहीं, स्वीकार्यता, जो है उसके साथ वर्तमान में उपस्थित रहना, संपूर्णता, सहजता और संतुष्टि।

इसे सचेतन अभ्यास में लाने के लिए हमें यह समझना होगा कि निर्णय या राय बनाने की स्थिति द्वंद्व से आती है, और द्वंद्व भाषा और प्रतीकों पर आधारित है – यानी, 'कहानी' का स्वरूप जो वास्तविकता हमारे दिमाग़ में बनाती है। यदि हम अपने मन के हिसाब से चल रहे हैं, तो हम भाषा का उपयोग कर रहे हैं, और निरंतर द्वंद्व के बीच काम कर रहे हैं। लेकिन, यदि हम अपने मन के अनुसार चलने के बजाय केवल विशुद्ध सचेत जागरूकता की स्थिति में हैं, तो हम द्वंद्व से बचे रहने में सक्षम हैं।

ऐसा लगता है जैसे यह कोई ऐसी बात है जिसकी चिंता केवल ज़ेन भिक्षुओं को ही करनी चाहिए, है ना? शुक्र है, द्वंद्व रहित होने की भावना का हम सभी अभ्यास कर सकते हैं, ख़ासकर यदि हम किसी के प्रति राय बनाने या निर्णय देने संबंधी समस्या से जूझ रहे हैं। किसी को लेकर अपना निर्णय दे देना दूरी, विभाजन और वियोग पैदा करता है। लेकिन अपनी राय छोड़ देने से हमें हमारे सामने आने वाली हर परिस्थिति की मौलिक प्रकृति को देखने का अवसर मिल जाता है : यह समग्र है और बाक़ी सभी चीज़ों से संबद्ध है। और इसमें कोई समस्या नहीं है।

आइए एक उदाहरण देखें। आप गायकों की एक समूह में शामिल होते हैं और आपको महसूस होने लगता है कि बाक़ी सभी लोग आपसे बेहतर गाते हैं। आप सोचते हैं, 'वे अच्छे गायक हैं, और मैं बुरा गायक हूं।' अचानक, आप इन सब लोगों से अलग हो जाते हैं, और आपको लगता है कि कुछ गड़बड़ है। अपने आप ही एक समस्या खड़ी हो जाती है। शायद आपको लगे कि इस समस्या को हल करने के लिए आपको कोई एक्शन लेना चाहिए। या हो सकता है कि आपकी राय कुछ और ही बन जाए। हो सकता है कि आपने किसी मित्र के बारे में सुना कि उसे नशे में गाड़ी चलाने के आरोप में गिरफ़्तार कर लिया गया। आप सोचते हैं, 'यह बहुत ख़तरनाक बात है। मैं कभी भी *ऐसा कुछ* नहीं करूंगा।' देखिए फिर से, आपके इस निर्णय के कारण आपके और उस दूसरे व्यक्ति के बीच दूरी आ गई है।

राय बनाने या मूल्यांकन करने की प्रक्रिया चिंता पैदा करती है। यदि कोई आपको सुन रहा हो, तो आप धीमे-धीमे, अपनी आवाज़ को लेकर शर्माते हुए गाते हैं। जिस दोस्त को गिरफ़्तार किया गया है, उससे आप बचते हैं या फिर दूसरे दोस्तों के साथ बैठकर उसके बारे में गॉसिप करते हैं। हालांकि, चिंता या व्यग्रता एक भ्रम है, क्योंकि अलगाव एक भ्रम था।

'अच्छे गायक' और 'बुरे गायक' नहीं होते – ये श्रेणियां केवल हमारे दिमाग़ में मौजूद होती हैं। मुझे यक़ीन है कि कई लोग इस पर बहस करेंगे, लेकिन ज़रा सोचें कि कितने ही जाने-माने गायकों की आवाज़ बहुत भद्दी है! विचार करें कि जिस संगीतकार से आप प्रेम करते हैं, उसे कोई और कैसे नापसंद कर सकता है। विचार करें कि 'अच्छे गायक' एक दिन 'बुरे गायक' बन सकते हैं, और इसके विपरीत भी हो सकता है।

अच्छे और बुरे के सीधे-सीधे विभाजन के साथ, हमने अपने सामने मौजूद परिस्थितियों के अन्य सभी रंगों को भी नज़रअंदाज़ कर दिया है। हमने स्थिति की बारीक़ियों और आयामों को एक संकीर्ण लेबल दे दिया है (हम फिर से सीईओ की भूमिका निभा रहे हैं!)। हम इस तथ्य को नज़रअंदाज़ कर देते हैं कि अन्य लोग भी हमारे जैसे ही हैं – कि अगर हम किसी और में प्रतिभा देखते हैं, तो ठीक है, हमारे अंदर भी तो प्रतिभा है। और अगर हमको दूसरों में क्रूरता या मूर्खता दिखाई देती है, तो यह दुर्गुण हमारे भीतर भी है। याद रखें कि सिक्के दो नहीं हैं, दो पहलू वाला एक ही सिक्का है। लोग अच्छे या बुरे नहीं होते, केवल अच्छे और बुरे भाव और अभिव्यक्ति वाले लोग होते हैं। जब आप वास्तव में इस बात की सराहना कर पाते हैं, तो आप स्वयं को स्थिर और सतही भूमिकाओं से मुक्त कर लेते हैं। आप अपने आपको चिंता से मुक्त करें। वर्तमान क्षण में जीते हुए आप एक व्यक्ति बन जाते हैं – एक *संपूर्ण* व्यक्ति। साथ ही, आप दूसरों को भी परिपूर्ण बनने की सुविधा देते हैं। इसमें कोई समस्या नहीं है।

यह भी याद रखें कि विरोधी टकराव के लिए नहीं होते हैं, बल्कि वे एक-दूसरे पर भरोसा करते हैं। उत्थान है तो पतन भी है। ग़लती सबक़ सीखने के लिए होती है। क्योंकि हम भूखे थे, इसलिए हम पेट भरा रहे, इसको बहुत महत्व देते हैं। इसलिए, यदि आप एक शुरुआती गायक हैं तो आप कल्पना कर सकते हैं कि आपका 'बुरा गायक' होना एक बहुत लंबे, अधिक जटिल घटनाक्रम में एक हिस्सा भर है – हो सकता है कि आप इस समय जहां हैं, वास्तव में वही जगह आपको अभ्यास करने और एक 'अच्छा गायक' बनने का अवसर देती है। शायद आप एक अच्छे गायक नहीं बन पाते यदि आपने पहले यह महसूस नहीं किया होता कि आप कितने बुरे गायक हैं! तो, भिन्नता तो है, लेकिन ज़रूरी नहीं कि यह टकराव हो। रिश्तों में विपरीतताएं होती हैं, युद्ध नहीं।

आप वास्तव में एक बुरे और अच्छे गायक–दोनों हैं। यदि आप कोई राय बनाकर और प्रतिरोध के साथ क़दम बढ़ाते हैं, तो उस क्षण, आपका गायन हल नहीं हो पाने वाली एक ऐसी समस्या बन जाएगा, अबूझ पहेली, या विरोध करने लायक अनुभूति बन जाएगा। यदि आप बस जिज्ञासु हैं और वर्तमान पल को स्वीकार कर रहे हैं, तो सिर्फ़ आप और आपके गाने का तरीक़ा ही होगा और यह जैसा होगा, परफ़ेक्ट होगा।

बिना किसी द्वंद्व या कोई राय बनाए बिना आप अपने मित्र को देखते हैं और सोचते हैं, ठीक है, हर किसी ने पहले कुछ ऐसा किया है जिस पर उन्हें गर्व नहीं है। अगले जीवन में, 'मैं देखूंगा कि शराब पीकर गाड़ी चलाने वाला व्यक्ति आख़िर कैसा हो सकता है।' आपको अहसास होता है कि केवल इसलिए कि आप और आपका दोस्त इस समय में एक–दूसरे से भिन्न हैं, इसका मतलब यह नहीं है कि आपकी दोस्ती में कोई समस्या है या आपको प्रतिक्रिया करने, राय बनाने या कोई कहानी गढ़ना चाहिए। आपको अहसास होता है कि अच्छे लोग बुरे काम कर सकते हैं, बुरे लोग अच्छे काम कर सकते हैं, और वास्तव में, वर्तमान क्षण वैसे भी लगातार बदलता जा रहा है और आगे बढ़ रहा है – हम कौन होते हैं इसे किसी कहानी में बांधकर यह सोचने वाले कि इसे कैसा होना *चाहिए?*

> एक दिन, एक किसान का बेटा लापरवाहीवश खलिहान का दरवाज़ा खुला छोड़ देता है, और घोड़ा बाहर निकलकर भाग जाता है। 'कितनी दुर्भाग्यपूर्ण घटना!' बेटा कहता है। 'शायद, शायद नहीं,' किसान कहता है। अगले दिन, घोड़ा वापस आता है, और उसके पीछे एक और घोड़ा होता है। किसान और बेटे के पास अब दो घोड़े हैं। 'बड़े सौभाग्य की बात है!' बेटा कहता है।
>
> 'शायद, शायद नहीं,' किसान कहता है।
>
> अगले दिन, नया घोड़ा किसान के बेटे को लात मारकर घायल कर देता है। 'मैं बहुत बदक़िस्मत हूं!' बेटा कहता है। 'शायद, शायद नहीं,' किसान कहता है।
>
> अगले दिन, देश में युद्ध छिड़ जाता है और नवयुवकों की भर्ती होने लगती है। किसान का बेटा घायल होने की वजह से सेना

में शामिल नहीं हो पाता, इस प्रकार उसकी जान बच जाती है। 'मैं सबसे भाग्यशाली आदमी हूं!' बेटा कहता है। 'शायद, ''शायद नहीं,' किसान कहता है।

जब हम फ़ैसला देते हैं तो हम स्वयं को समय के प्रवाह से अलग भी कर लेते हैं। हम किसी घटित घटना को अलग-थलग करके देखते हैं, फिर अपनी राय व्यक्त करते हैं। लेकिन हम यह कहने वाले कौन होते हैं कि यह घटना किसी बड़े खुलासे में क्या भूमिका निभाती है? हम अपने विचारों से चिपके रहते हैं कि क्या तुच्छ और क्या श्रेष्ठ है, अच्छा परिणाम क्या है और बुरा क्या है ...लेकिन समय के साथ हम भी बार-बार अपना मन बदलते हैं। क्या आपने कभी किसी को ऐसा कुछ कहते हुए सुना है, 'उस समय, मेरा तलाक़ नरक तुल्य था, लेकिन बाद में विचार करने पर मुझे समझ में आया कि यह मेरे साथ हुई सबसे अच्छी घटना थी?'

यदि हम बाड़ के एक छेद से बिल्ली को देखते हैं तो हमें एक के बाद एक पहले सिर, फिर बाक़ी शरीर और फिर अंत में पूंछ दिखाई देगी। हमें यह अनुभव हो सकता है कि पूंछ ने शरीर का अनुसरण किया और शरीर ने पूंछ का अनुसरण किया। हम सभी अलग-अलग टुकड़े देखेंगे। लेकिन वास्तव में, वहां केवल एक ही बिल्ली है। यह केवल हमारी संकुचित दृष्टि है जिससे ऐसा प्रतीत होता है कि बिल्ली टुकड़ों में बंटी हुई है और एक क्रमिक आख्यान के रूप में सामने आ रही है।

जब हम कुछ चीज़ों को *अच्छा* या *बुरा* कहते हैं, तो हम वास्तविकता को विभाजित कर रहे होते हैं। हम कहते हैं कि दु:ख बुरा है और सुख अच्छा है। लेकिन क्या प्रसव एक सुखद प्रकार का दर्द नहीं है, और क्या हेरोइन का सेवन एक बुरी तरह का आनंद नहीं है? क्या 'अच्छा' या 'बुरा' वास्तव में हमारे चारों ओर समृद्ध, गतिशील, संपूर्ण दुनिया की एक प्राकृतिक विशेषता है, या यह सिर्फ़ एक शब्द है जिसे हमने बनाया है - सिर्फ़ एक प्रतीक या एक कहानी जो हम खुद को बताते हैं?

अभ्यास 1 : 'मेरी बारी है...'

द्वंद्व विहीनता के बारे में बात करने की बजाय उसे अच्छे ढंग से अनुभव किया जा सकता है। वर्तमान क्षण के साथ गहरी संबद्धता और संपूर्णता को

महसूस करने के लिए, यहां एक अभ्यास दिया जा रहा है, जिसे आप जब चाहें आज़मा सकते हैं। एक बार जब आप इसे आज़मा लें, तो ध्यान दें कि क्या आपको लगता है कि आपके अंदर फ़ैसला सुनाने या राय बनाने की प्रवृत्ति कम हुई है। यह भी ध्यान दें कि क्या अब आपके तनाव या चिंता में कमी आई है। इस अभ्यास के बाद, जब भी आप अपने आपको अपने या दूसरों के बारे में आलोचनात्मक आख्यानों और धारणाओं में फंसते हुए महसूस कर रहे हों, तो यह अभ्यास आपको वहां से बाहर निकालने का एक आदर्श उपाय हो सकता है।

इस अभ्यास को कहा जाता है, 'मेरी बारी है...'

एक ऐसी जगह पर बैठ जाएं, जहां से आप लोगों को कुछ पल के लिए (ज़ाहिर है सहजता से) देख सकें। किसी कैफ़े में बैठ जाएं या हवाई अड्डे या सुपरमार्केट में लोगों को आते-जाते देखें। अपने दिमाग़ को शांत और ग्रहणशील होने दें और बस इस बात पर ध्यान दें कि आपके आस-पास कौन है। किसी का ध्यान अपनी ओर आकर्षित करें और फिर उसकी किसी एक विशेषता पर ध्यान दें - यह एक ऐसी विशेषता भी हो सकती है जिसके बारे में शायद आप कोई धारणा बनाना चाहते हैं, फ़ैसला सुनाना चाहते हैं या कहानियां बनाना चाहते हैं। मान लीजिए कि आपने एक चिड़चिड़ी बुज़ुर्ग महिला को सुपरमार्केट में अपनी कार्ट को धकेलते और चीख़ते-चिल्लाते हुए देखा। अपने आप से कहें, 'मेरी बारी है, एक चिड़चिड़ी बुज़ुर्ग महिला चीख़ रही है और मेरी कार्ट को धक्का दे रही है।' कुछ समय तक इसे जारी रखें, लेकिन दूसरे व्यक्ति में जो कुछ भी आप देखते हैं, उसका श्रेय खुद को दें। 'मेरे घुटनों में सचमुच दर्द है। मैं अब बूढ़ा हो गया हूं और चिड़चिड़ा भी हो गया हूं। मैं कभी-कभी अन्य लोगों के साथ अशिष्टता करता हूं।'

इसे आप जितने चाहें, उतने लोगों के साथ आज़माकर देखें और ध्यान दें कि इन बातों को अपने साथ जोड़कर देखने से कैसा लगता है।

> 'मैं एक ख़ुश बच्चा हूं, जिसने अपनी मां का हाथ पकड़ा हुआ है।'
>
> 'मैं लाल परिधान पहने एक ख़ूबसूरत लड़की हूं। मेरे जूते सचमुच तंग कर रहे हैं।'

'मैं एक शॉप असिस्टेंट हूं। मैं अपना काम करते हुए बहुत ऊब गया हूं और अपने लंच ब्रेक का इंतज़ार कर रहा हूं।'

इस अभ्यास का मतलब क्या है? आज़मा कर देखिए।

जब हम कोई धारणा बना लेते हैं, कोई फ़ैसला सुना देते हैं, तो हम दुनिया को टुकड़ों में बांटते हैं और मूल्यांकन करते हैं। जबकि इस अभ्यास के साथ, हम इसके ठीक विपरीत कर रहे हैं। हम दूसरों के साथ अपना संबंध और समानता तलाश रहे हैं, और इसके कारण तुरंत निर्णय लेने और आलोचना करने की प्रवृत्ति समाप्त हो जाती है। हम उस क्षण के किसी एक भाग के बजाय उसकी संपूर्णता को महसूस कर रहे हैं। निश्चित रूप से, यदि आप तीस वर्षीय कोकेशियान पुरुष हैं, तो आपमें दो बच्चों वाली साठ वर्षीय इंडियन मां के साथ बहुत अधिक समानता नहीं होगी ...कम से कम ऊपरी तौर पर ...लेकिन जब आप सहानुभूति और जिज्ञासा के साथ उसकी दुनिया में उतरते हैं, तो आप देख सकते हैं कि आपने जितना सोचा था, उससे कहीं अधिक समानताएं हैं।

आप देख पाते हैं कि उसने भी आपकी तरह कष्ट सहा है और संघर्ष किया है। आप देख सकते हैं कि वह भी अपने परिवार से उसी तरह प्यार करती है, जैसे आप करते हैं, और उसके कई अलग-अलग पक्ष हैं - ख़ामियां और कमज़ोरियां - और, एक इंसान के रूप में, सुंदरता का उसका अपना अनूठा अंदाज़ है।... आप की तरह!

यह अभ्यास ना केवल दूसरों के लिए, बल्कि स्वयं के लिए भी कोई धारणा बनाने की प्रवृत्ति को समाप्त कर देता है। समय के साथ, आप खुद को दुनिया के कई रंगीन, जटिल, अद्भुत नागरिकों में से एक के रूप में देख सकते हैं, जीवन नामक प्रकट हो रही गाथा के कई बहुमूल्य और दिलचस्प खिलाड़ियों में से एक के रूप में देख सकते हैं। एक ऐसे व्यक्ति के रूप में अगले व्यक्ति जितना ही सहानुभूति, सम्मान और तालमेल का हक़दार है।

अभ्यास 2 : 'और' की चमत्कारिक शक्ति

द्वंद्व विभाजन की भाषा के आधार पर काम करता है, जो *इस बात को उस बात* के विरुद्ध खड़ा कर देता है। समावेशन, संबद्धता और समग्रता जैसी किसी एक, भिन्न भाषा का उपयोग करके धीरे-धीरे इस मानसिकता से बाहर

निकलें। जब आपको 'लेकिन' का उपयोग करने का मन करता है या जब आप कुछ लोगों या विचारों को दूसरों के विरुद्ध खड़ा करते हैं, तो इस पर नज़र रखें। जब आप स्वयं के पहलुओं के लिए ऐसा करते हैं तो ग़ौर करें कि आपके कुछ हिस्से अच्छे हैं, लेकिन कुछ हिस्से बुरे भी हैं। फिर, जब आप अपने आपको ऐसा करते हुए देखें, तो चमत्कारिक शब्द 'और' के साथ इसे दोबारा जोड़कर अपने मन में उस तनाव को कम करने का प्रयास करें। कुछ उदाहरण देखिए :

'मुझे खाना बनाना बहुत पसंद है, लेकिन मैं बेकिंग के बारे में कुछ भी नहीं जानता।' यह वाक्य कुछ इस तरह बन जाता है, 'मुझे खाना बनाना पसंद है, और मुझे बेकिंग के बारे में कुछ कम जानकारी है।' फ़र्क़ देख रहे हैं? बारीक़ अंतर है, परंतु 'और' शब्द इन दोनों गुणों को एक-दूसरे के विरुद्ध लड़ाने के बजाय एक, समस्यारहित संपूर्ण रूप में एक साथ रखता है।

'आपको लगता है कि हमें कल जाना चाहिए, लेकिन मैं असहमत हूं' बन जाता है 'आप सोचते हैं कि हमें कल जाना चाहिए, और मैं मानता हूं कि आज जाना बेहतर है।' अंतर तो बना हुआ है... लेकिन टकराव थोड़ा कम है।

'मैं सचमुच चाहती थी कि बीती रात की हमारी डेट पर पर पहल करे, लेकिन वह बहुत संकोच कर रहा था!' यह वाक्य बन जाता है, 'मैं चाहती थी कि वह पहल करे, और वह संकोच कर रही थी और उसकी इच्छा नहीं थी।' उत्सुकता और संकोच के बीच अब कोई समस्या नहीं है – वे बस एक साथ घटित होने वाली दो बातें हैं।

हालांकि, इस भाव को पकड़ने के लिए आपको 'और' शब्द का शब्दशः उपयोग करने की आवश्यकता नहीं है। आगे-आगे आप विभाजन पैदा करने वाली भाषा का उपयोग करने के सभी तरीक़ों पर ध्यान देने के लिए अपने कान तेज़ कर सकते हैं – और ऐसे शब्दों का उपयोग कर सकते हैं जो संपूर्णता व्यक्त करते हैं। मतभेद पैदा करने वाली आलोचना, रैंकिंग, व्याख्या या 'होना चाहिए' का उपयोग रोक सकते हैं।

उदाहरण के लिए ध्यान दें, जब आप आर्थिक तंगी से जूझ रहे अपनी मित्र की पांचवीं संतान होने पर उसकी आलोचना करते हैं। यह निर्णायक, श्रेष्ठ, आलोचनात्मक भावना कहां से आती है? अपने अंदर झांकें और देखें कि आपने अच्छी मां बनाम बुरी मां, अमीर लोग बनाम ग़रीब लोग, स्मार्ट

बनाम बेवकूफ़ आदि का भेदभाव किया है। अब, देखें कि क्या आप उन भिन्नताओं को अपनी कहानी या व्याख्या या धारणा के बिना सहजता से अस्तित्व में रहने दे सकते हैं। आपकी दोस्त मुश्किल में है। अब उसके पांच बच्चे हैं। इतना ही। इसमें क्या बात है!

उसकी स्थिति (और आपकी!) को महत्व देना ज़रूरी नहीं है, बस अपनी मित्र को देखें कि वह क्या है। वह परेशान है और उसके पांच बच्चे हैं। क्या इसमें ऐसी कोई बात है जिसके विरुद्ध आपको युद्ध करना चाहिए? वास्तव में, क्या आप समझ सकते हैं कि इन दोनों स्थितियों में उतना टकराव नहीं है जितना आप शुरू में सोचते थे, और आपको अपने अहं भाव के साथ जल्दबाज़ी में विचार करने और अच्छे और बुरे, या ऐसा करना चाहिए और ऐसा नहीं करना चाहिए, जैसा कुछ कहने की आवश्यकता नहीं है?

'यह मेरी मित्र है, और मैं उससे बहुत प्यार करता हूं। वह पैसों की तंगी से जूझ रही है। उनके घर में पांचवां बच्चा आने वाला है, उसका घर पाग़लखाना बना हुआ है! लेकिन इस दुनिया में उसके जैसा कोई नहीं है, और भले ही मैंने यह विकल्प नहीं चुना, लेकिन *उसने* ऐसा करना पसंद किया। और, मैं उससे प्यार करता हूं!'

गैर-निर्णयात्मक होना 'जियो और जीने दो' से कहीं अधिक है। वास्तव में, आपको किसी को कुछ भी करने देने की आवश्यकता नहीं है, और वास्तव में किसी भी काम को अपनी तरह से चलते रहने की आपकी अनुमति या अनुमोदन की आवश्यकता नहीं है। क्या यह बड़ी राहत वाली बात नहीं है? और क्या उस क्षण की सराहना करना इतना आसान नहीं है कि जब आप 'रिएलिटी पुलिस' का रोल ना निभा रहे हों? संयमी, स्थिर, एकाग्र, धैर्यवान और भीतर से पूरी तरह शांत बने रहने का रहस्य है: वास्तविकता पर भरोसा किया जाए, वह जैसी भी हो, और हमें बस इसी क्षण में जीना है और हम जैसे हैं वैसे ही रहना है।

निष्कर्ष

- चिंता और ओवरथिंकिंग अक्सर अपने आपको, दूसरों को, स्थितियों को और जीवन को आंकने की हमारी प्रवृत्ति से उपजती है। यदि हम लेबल लगाने, आलोचना करने, हम-

बनाम-वे और ब्लैक ऐंड वाइट की सोच का उपयोग करने की अपनी आदत को टाल सकें, तो हम तनाव, व्यग्रता और चिंता को कम कर सकते हैं, दयालु बनने और स्वीकार करने की हमारी क्षमता को बढ़ा सकते हैं।

- कम आलोचनात्मक बनने के लिए हम अपनी यादों, कहानियों, व्याख्याओं या उनके बारे में बनाई गई धारणाओं से चिपके रहने के बजाय इस बात पर ध्यान केंद्रित कर सकते हैं कि लोग (ख़ुद भी) वास्तव में इस समय कैसे हैं। लोगों का अस्थायी व्यवहार उनके समग्र अस्तित्व का सार नहीं है!
- अपने निर्णयात्मक आंतरिक आख्यानों को टालने के लिए हम अपना ध्यान 'सिर्फ़ तथ्यों' पर केंद्रित कर सकते हैं और महसूस कर सकते हैं कि निर्णय देने और विभाजनकारी भाषा का प्रयोग करने की आवश्यकता नहीं है, हमारे बीच कोई टकराव नहीं है, और जो आपसी भिन्नता है उसके साथ युद्ध करना ज़रूरी नहीं है।
- अनुमान ना लगाएं, व्याख्या नहीं करें, अपेक्षा नहीं करें और लोगों के मन को पढ़ने की कोशिश भी नहीं करें। वर्तमान क्षण में रहें और इसे वैसा ही समझें, जैसा यह है।
- हममें से बहुत से लोग स्वयं का मूल्यांकन करते हैं, क्योंकि हम क्या है और हमारे हिसाब से क्या होना चाहिए - उसके बीच तुलना करते हैं। आत्म-स्वीकृति और शांति की कुंजी हमारे आदर्श स्व को हमारे कथित, अपर्याप्त स्व के बीच मिलान करना नहीं, बल्कि आदर्श स्व को त्यागना और हम वास्तव में जैसे हैं उसे स्वीकार करना है। हम अपने अनुभव पर ग़ौर कर सकते हैं और उसे स्वीकार कर सकते हैं, *चाहे वह जैसा भी हो।* इससे गहरी शांति और आत्मविश्वास आएगा जो उपलब्धि, अहंकार या आत्म-सम्मान से ऊपर है।
- बौद्ध की अद्वैत अवधारणा सिखाती है कि दुःख वास्तविकता के भ्रामक बंटवारे और विभाजन से आता है, हालांकि इसमें विपरीतताएं शामिल हैं, लेकिन यह स्वयं के साथ युद्ध नहीं है। जब हम जीवन में हर स्थिति की संपूर्णता और संबद्धता की सराहना करते हैं, तो हम उसके प्रति निर्णय देने, उसे अच्छे और

बुरे की श्रेणियों में विभाजित करने, या निश्चित राय व्यक्त करने का लोभ संवरण कर पाते हैं। हम प्रतिरोध या समस्या-समाधान मोड में गए बिना भिन्नता और अनिश्चितता को 'समझने' में सक्षम होते हैं।

- यदि हम अपने भीतर आलोचना की भावना देखते हैं, तो हम विभाजनकारी भाषा का कम उपयोग करके या हमारे और उन लोगों के बीच समानता की तलाश करके इसे समाप्त कर सकते हैं, जिन लोगों को हम अपने विरुद्ध मानने का दिखावा करते हैं।

सारांश मार्गदर्शिका

अध्याय 1 : सबकुछ दृष्टिकोण पर निर्भर

- जो लोग चिंतित हैं, व्यग्र हैं और जो ऐसे नहीं हैं उनके बीच सबसे बड़ा अंतर उनका *सक्रिय* और *प्रतिक्रियाशील* होना हो सकता है। *सक्रिय* होने का मतलब यह दृष्टिकोण रखना है कि आप अपने जीवन के इंचार्ज और उत्तरदायी हैं, और दूसरों द्वारा बनाई गई स्थितियों पर प्रतिक्रिया करने के बजाय अपनी इच्छानुसार स्थितियां बनाएं।
- इस मानसिकता को बदलने के कई उपाय हैं। सबसे पहले संकल्प लें कि आप कोई एक्शन लिए बिना दूसरों को दोष नहीं देंगे या स्थितियों के बारे में शिकायत नहीं करेंगे। यदि आप अपने आपको निष्क्रिय रहकर रोते-बिसूरते हुए या दूसरों पर नाराज़ होता हुआ पाते हैं, तो पूछें, *'अपनी स्थिति को बदलने के लिए मैं व्यक्तिगत रूप से क्या क़दम उठा सकता हूं?'*
- परिवर्तन और कठिनाइयों को टाला नहीं जा सकता, लेकिन हमारे विपरीत जा रही परिस्थितियों से परेशान होने के बजाय लचीला, रचनात्मक और समाधान उन्मुख बनने का अभ्यास कर सकते हैं। इससे व्यग्रता कम हो जाती है।
- हम तब अधिक सक्रिय हो सकते हैं, जब हम दिवास्वप्न देखना या 'किसी दिन' या 'यदि ऐसा हो तो' सोचना बंद कर दें-हम खुद को सशक्त बनाने के लिए तत्काल एक्शन ले सकते हैं।
- शांत और सक्रिय मानसिकता हासिल करने के लिए हम अपने

और अपनी किसी भी तीव्र भावना या विचार के बीच कुछ दूरी बनाने का अभ्यास कर सकते हैं। मनोवैज्ञानिक दूरी के साथ हम एक व्यापक दृष्टिकोण हासिल करते हैं और अपने विचारों को विचारों के रूप में सजगता के साथ समझने के लिए खुद को सशक्त बनाते हैं, इस प्रकार विचारों को सचेत रूप से और सक्रिय रूप से चुन पाते हैं। स्थानिक, लौकिक या काल्पनिक दूरी बनाकर हम अब बाहरी घटनाओं की दया पर निर्भर नहीं हैं, बल्कि हमारे पास भीतरी लोकस ऑफ़ कंट्रोल (आंतरिक नियंत्रण) है।

- आवश्यक दूरी और स्पष्टता प्राप्त करने में हमारी कल्पनाएं भी मदद कर सकती हैं। आप कल्पना कर सकते हैं कि आप किसी मित्र को किसी समस्या को नए दृष्टिकोण से देखने की सलाह दे रहे हैं। आप अन्य संभावनाओं और विकल्पों को अपनाने के लिए अपने ही एक दूसरे संस्करण की कल्पना भी कर सकते हैं। अंत में, आप धारणाओं को फिर से परिभाषित करने का अभ्यास कर सकते हैं और इस बात पर ग़ौर कर सकते हैं कि आप बिना किसी कहानी, मूल्य निर्धारण या उस जागरूकता का प्रतिरोध किए बिना कैसा सोचते और महसूस करते हैं। इतना करने भर से शांति तो मिलती ही है, लेकिन एक नए दृष्टिकोण को उभरने के लिए जगह भी मिल जाती है।

अध्याय 2 : आराम क्षेत्र से बाहर निकलें

- जब चिंता, नकारात्मक चिंतन और ओवरथिंकिंग (अत्यधिक सोचने) की समस्या खड़ी होती है, तो इससे निपटने में माइंडफुलनेस का अभ्यास तब आपकी मदद कर सकता है, जब इसमें ठोस कार्रवाई को भी जोड़ा जाए, जैसा कि एक्ट मॉडल में बताया गया है। स्वीकृति और प्रतिबद्धता उपचार (कमिटमेंट थेरैपी) में, हम उस स्थिति को स्वीकार करते हैं जिसे हम नियंत्रित नहीं कर सकते हैं और अपने जीवन को बेहतर बनाने के लिए अपनी व्यक्तिगत मान्यताओं के अनुसार उन स्थितियों को बदलने के लिए एक्शन लेने के लिए प्रतिबद्ध हैं।

- एक्ट में, चिंता या व्यग्रता अक्सर अनुभवात्मक परहेज़ (एक्सपेरिएंशियल अवॉइडेंस) से संबंधित होती है, जिसका प्रतिकार हम छह प्रमुख सिद्धांतों के उपयोग से कर सकते हैं।
- पहला सिद्धांत है बिना किसी निर्णय, व्याख्या, प्रतिरोध या आख्यान बनाए वास्तविक रूप से वर्तमान से संपर्क करना, लेकिन इस समय जो कुछ भी सामने आ रहा है, उसके बारे में पूरी तरह से सचेत सतर्कता बरतना और जिज्ञासु बने रहना।
- दूसरा सिद्धांत संज्ञानात्मक भ्रम है, जहां हम वास्तविकता के बारे में अपने विचारों को वास्तविकता से अलग कर देते हैं। हम उलझन से बचने के लिए अपने विचारों को विचार के रूप में ही स्वीकार करते हैं। तीसरा है स्वीकृति, जहां हम वास्तविकता के साथ बहस किए बिना उसका स्वागत करते हैं और उसे स्वीकार करते हैं। हमें सहमत नहीं होना है या निंदा नहीं करनी है, केवल निरीक्षण करना है। हम अपने विचारों पर एक सचेतन 'मेटा' परिप्रेक्ष्य रखने के लिए चौथी अवधारणा, आत्म-अवलोकन का उपयोग करते हैं। हमारे एक हिस्से को अनुभव हो रहा है, जबकि दूसरा हिस्सा हमें उस अनुभव को प्राप्त होते हुए देख रहा है।
- पांचवां सिद्धांत है अपने मूल्यों और सिद्धांतों की तलाश करना, ताकि हम अपने विचारों को संदर्भ के साथ रख सकें। अवलोकन करने वाला स्व हमारे विचारों का मूल्यांकन कर सकता है और उनकी तुलना हमारे मूल्यों से कर सकता है ताकि हम छठा सिद्धांत- सचेत, प्रेरित कार्रवाई कर सकें।
- संक्षिप्त शब्द-एक्ट (ACT) हमारी इस तरह मदद कर सकता है- (ए) वर्तमान क्षण में अपने आंतरिक अनुभव को स्वीकार करना, (सी) एक महत्त्वपूर्ण दिशा चुनना और (टी) उस दिशा में कार्रवाई करना। इससे चिंता और ओवरथिंकिंग कम हो जाती है।
- चिंताजनक नकारात्मक चिंतन पर क़ाबू पाने का मतलब है, इसे पहचानना सीखना। सामान्य अनुभूति की तुलना में नकारात्मक चिंतन अंतहीन होता है, इससे अंतर्ज्ञान प्राप्त नहीं होता है, और भले ही यह अस्थायी रूप से समस्या-समाधान जैसा लगता

है, पर इसके कारण वास्तव में हमारे भीतर कुछ भी सुधार नहीं होता है।

- 'अपने विचारों को चुनौती देना' ज़रूरी नहीं है और यह केवल आगे अनुभवात्मक परहेज़ और प्रतिरोध में काम आता है। इसके बजाय अपने आपसे पूछें कि क्या यह विचार उपयोगी है और क्या यह आपके मूल्यों के अनुसार लक्ष्य हासिल करने में आपकी मदद कर रहा है। सहानुभूति, क्षमा, और 3 एम रणनीति (मिलना, बनाना, आगे बढ़ना) भी अपने आपको को नकरात्मक चिंतन के विरुद्ध सशक्त बनाने की बेहतरीन रणनीतियां हैं।
- तनाव प्रबंधन का एक मंत्र है जिसे 4 ए कहा जाता है। ये हैं टालना या बचना, बदलना, स्वीकार करना और अनुकूल बनना। स्थितियों से बचने का मतलब उन बातों से दूर चले जाना है, जिन्हें आप नियंत्रित नहीं कर सकते। कुछ काम प्रयास के लायक़ नहीं होते हैं और उन्हें हमारे वातावरण से पूरी तरह हटा देना ही बेहतर होता है। और, यदि हम इससे बच नहीं सकते हैं, तो हमें सीखना होगा कि तनाव को दूर करने के लिए अपने वातावरण को किस तरह बदला जाए। यदि हम अपने पर्यावरण को नहीं बदल सकते, तो हमारे पास इसे स्वीकार करने के अलावा कोई विकल्प नहीं होता है। अंत में, यदि हम स्थिति के बारे में बहुत कुछ नहीं कर सकते हैं, तो हमें इसके अनुकूल ढलना होगा और सीखना होगा कि हम अपने तनाव से कैसे निपटें और इसकी हानिकारक क्षमता को कम से कम करें।

अध्याय 3 : संज्ञानात्मक पुनर्गठन की कला

- जैसे ही हम दृढ़तापूर्वक अपने स्वीकार करने वाले, सजग 'स्व का अवलोकन' कर लेते हैं, तो हम अपनी संज्ञानात्मक विकृतियों, अपेक्षाओं, आंतरिक मिथकों और आख्यानों, धारणाओं और पूर्वाग्रहों पर पुनर्विचार करना शुरू कर सकते हैं। हम वास्तव में उन्हें *चुनौती* नहीं देते हैं, लेकिन सजगता के साथ चुने गए विकल्पों को अपनाने का विचार करने लगते हैं।

- हम पहले अपने सोचने के तरीक़े के प्रति जागरूक होकर और जो पूर्व में स्वचालित, अभ्यस्त और अचेतन था, उस पर चेतना का प्रकाश डालकर संज्ञानात्मक पुनर्गठन का अभ्यास कर सकते हैं। जब हम अपना दृष्टिकोण बदल पाते हैं और धीरे-धीरे अपनी आत्म-अवधारणा को बदलने लगते हैं, तो हम अलग तरह से सोचना, महसूस करना और व्यवहार करना शुरू कर देते हैं, और यह परिवर्तन सतही या केवल 'सकारात्मक सोच' नहीं है।
- जागरूकता के बाद हम अपने विचारों को समायोजित कर सकते हैं, उन पर विचार-विमर्श कर सकते हैं या उनसे जुड़कर सचेत रूप से विकल्प चुन सकते हैं। फिर हम इन विकल्पों को अपने वास्तविक जीवन में लागू कर सकते हैं। हमें स्वयं का मूल्यांकन करने, कुछ भी सुधारने या 'सच्चाई' का पता लगाने की आवश्यकता नहीं है, बल्कि अपने विचारों का मूल्यांकन इस आधार पर करना है कि वे हमारे लक्ष्यों को प्राप्त करने में कितने उपयोगी हैं, ये हमारी गहनतम मान्यताओं-मूल्यों के अनुसार निर्धारित होने चाहिए।
- दो-कॉलम तकनीक हमें धीमी गति से कार्य करने, स्वचालित नकारात्मक विचारों को पहचानने और उन्हें सचेत रूप से पुनर्गठित करने में मदद कर सकती है। इसके लिए धैर्य, साहस, सहानुभूति और जिज्ञासा ज़रूरी है। सब कुछ या कुछ भी नहीं सोच, विनाशकारी सोच, माइंड-रीडिंग, आगे की भविष्यवाणी करने की कोशिश करना, सामान्यीकरण करना, या अत्यधिक नकारात्मक मूल्यांकन करने पर विचार करें। इन विचारों को दोबारा लिखें या इस पर भी विचार करें कि उन्हें उपयोगी एक्शन में कैसे बदला जा सकता है।
- संज्ञानात्मक पुनर्गठन के लिए अनेक तकनीकें हैं, लेकिन वे सभी सजगता के साथ शुरू होती हैं और वास्तव में विकल्पों पर विचार करने की हमारी इच्छा पर समाप्त होती हैं। हम सुकरात शैली की प्रश्नोत्तरी (धारणाओं और मान्यताओं के सबूत मांगते रहें, क्यों पूछते रहें), गाइडेड इमेजरी (अतीत या भविष्य के विकल्पों का पूर्वाभ्यास या ख़ुलासा करने के लिए), रिकॉर्ड-कीपिंग या

जर्नलिंग (विचारों को लिखने और विकल्पों के साथ प्रयोग करने के लिए) और, 'क्या हो अगर?' (विनाश को उसके तार्किक निष्कर्ष तक ले जाना और देखना कि क्या असुविधा, विफलता या अनिश्चितता वास्तव में इतनी बुरी हैं) के साथ प्रयोग कर सकते हैं।

- संज्ञानात्मक पुनर्गठन हमें एक ऐसे परिप्रेक्ष्य और मानसिकता को विकसित करने में मदद कर सकता है जो सक्रिय हो और कम चिंतायुक्त हो।

अध्याय 4 : हमारे पास वर्तमान ही है

- जीवन के बारे में हमारे भीतर मौजूद मानसिक बकबक और आख्यानों के साथ अत्यधिक जुड़ाव से घबराहट, चिंता, नकारात्मक चिंतन और ओवर थिंकिंग पैदा हो सकती है। ये कारक अक्सर संज्ञानात्मक विकृतियों, पूर्वाग्रहों, भ्रामक उम्मीदों, भय और सरासर तर्कहीनता से भरे होते हैं। हमारा मस्तिष्क अतीत या भविष्य की तनावपूर्ण मानसिक गतिविधियां तैयार कर सकता है, लेकिन शांति और स्थिरता केवल एक ही स्थान पर होती हैः वर्तमान में।
- हमारे पास केवल वर्तमान ही है। वर्तमान में समर्पण, स्वीकृति और शांत और स्थिर जागरूकता का मतलब यह नहीं है कि हम निष्क्रिय हैं या हार मान रहे हैं – यदि हम कार्य कर सकते हैं, तो हम कार्य करते हैं। यदि हम नहीं कर सकते, तो हम इसे स्वीकार करते हैं। चिंता या नाकारात्मक चिंतन करने की ज़रूरत नहीं है। याद रखें कि चिंता और ओवरथिंकिंग से वास्तव में हमारी समस्याओं का समाधान नहीं होता है, हमें इनसे किसी भी तरह से मदद भी नहीं मिलती है, तब भी जब हमारा मस्तिष्क हमें जल्दबाज़ी करने तो उकसाता है और सब कुछ नियंत्रित करने की ज़रूरत बताता है।
- वर्तमान क्षण के साथ सहज होने का अर्थ है धैर्य, विनम्रता, हास्य-विनोद, अनिश्चितता के प्रति सहनशीलता और उसका

विरोध करने के बजाय उस क्षण के साथ प्रतिक्रिया करने लिए लचीलेपन का अभ्यास करना।

- दर्द अपरिहार्य और क्षणभंगुर है। लेकिन दुःख, पीड़ा के प्रति हमारी प्रतिक्रिया में होता है, और इससे बचा जा सकता है। यदि हम दर्द का विरोध करके, उसके बारे में कहानियां गढ़कर, या बार-बार उसे अतीत के पल में वापस पहुंचाकर उससे चिपके रहते हैं, तो हम अपने लिए दुःख पैदा कर रहे हैं। शांत, सक्रिय लोग दर्द को स्वीकार करते हैं और उसे गुज़र जाने देते हैं और अपने आपको अनावश्यक दुःख में नहीं उलझाते हैं।
- आपका भौतिक शरीर, आपकी पांचों इंद्रियां और आपकी चेतन जागरूकता वर्तमान क्षण में आपका सहारा हैं। जब भी आप शरीर के माध्यम से वर्तमान क्षण में प्रवेश करते हैं तो आप अन्यत्र नहीं, अभी और इसी क्षण में रह सकते हैं। शरीर की हलचल (जैसे शारीरिक गतिविधियों के साथ), या फिर से वर्तमान से जुड़ने के लिए संवेदी ध्यान के माध्यम से अपने मन को स्थिर करें।

अध्याय 5 : मिश्रित दृष्टिकोण हो सकते हैं

- चिंता और ओवरथिंकिंग अक्सर अपने आपको, दूसरों को, स्थितियों को और जीवन को आंकने की हमारी प्रवृत्ति से उपजती है। यदि हम लेबल लगाने, आलोचना करने, हम-बनाम-वे और ब्लैक ऐंड वाइट की सोच का उपयोग करने की अपनी आदत को टाल सकें, तो हम तनाव, व्यग्रता और चिंता को कम कर सकते हैं, दयालु बनने और स्वीकार करने की हमारी क्षमता को बढ़ा सकते हैं।
- कम आलोचनात्मक बनने के लिए हम अपनी यादों, कहानियों, व्याख्याओं या उनके बारे में बनाई गई धारणाओं से चिपके रहने के बजाय इस बात पर ध्यान केंद्रित कर सकते हैं कि लोग (ख़ुद भी) वास्तव में इस समय कैसे हैं। लोगों का अस्थायी व्यवहार उनके समग्र अस्तित्व का सार नहीं है!

- अपने निर्णयात्मक आंतरिक आख्यानों को टालने के लिए हम अपना ध्यान 'सिर्फ़ तथ्यों' पर केंद्रित कर सकते हैं और महसूस कर सकते हैं कि निर्णय देने और विभाजनकारी भाषा का प्रयोग करने की आवश्यकता नहीं है, हमारे बीच कोई टकराव नहीं है, और जो आपसी भिन्नता है, उसके साथ युद्ध करना ज़रूरी नहीं है।
- कल्पना, विश्लेषण, प्रत्याशा या मन को पढ़ने का प्रयास न करें। इसके बजाय, उस क्षण को जिएं और वह जैसा है, उसे वैसा ही अनुभव करें।
- हममें से बहुत से लोग स्वयं का मूल्यांकन करते हैं, क्योंकि हम क्या है और हमारे हिसाब से *क्या होना चाहिए* – उसके बीच तुलना करते हैं। आत्म-स्वीकृति और शांति की कुंजी हमारे आदर्श स्व को हमारे कथित, अपर्याप्त स्व के बीच मिलान करना नहीं, बल्कि आदर्श स्व को त्यागना और हम वास्तव में जैसे हैं उसे स्वीकार करना है। हम अपने अनुभव पर ग़ौर कर सकते हैं और उसे स्वीकार कर सकते हैं, *चाहे वह जैसा भी हो।* इससे गहरी शांति और आत्मविश्वास आएगा, जो उपलब्धि, अहंकार या आत्म-सम्मान से ऊपर है।
- बौद्ध की अद्वैत अवधारणा सिखाती है कि दुःख वास्तविकता के भ्रामक बंटवारे और विभाजन से आता है, हालांकि इसमें विपरीतताएं शामिल हैं, लेकिन यह स्वयं के साथ युद्ध नहीं है। जब हम जीवन में हर स्थिति की संपूर्णता और संबद्धता की सराहना करते हैं, तो हम उसके प्रति निर्णय देने, उसे अच्छे और बुरे की श्रेणियों में विभाजित करने, या निश्चित राय व्यक्त करने का लोभ संवरण कर पाते हैं। हम प्रतिरोध या समस्या-समाधान मोड में गए बिना भिन्नता और अनिश्चितता को 'समझने' में सक्षम होते हैं।
- यदि हम अपने भीतर आलोचना की भावना देखते हैं, तो हम विभाजनकारी भाषा का कम उपयोग करके या हमारे और उन लोगों के बीच समानता की तलाश करके इसे समाप्त कर सकते हैं, जिन लोगों को हम अपने विरुद्ध मानने का दिखावा करते हैं।

अनुवादक के बारे में

यामिनी रामपल्लीवार

इन दिनों नागपुर, महाराष्ट्र में कार्यरत।

एक ज़िम्मेदार, संवेदनशील और प्रतिबद्ध हिंदी पत्रकार।

'पुनःकथन' की परंपरा का निर्वाह करते हुए एक हिंदी अनुवादक के रूप में मौलिक पहचान बनाने के लिए प्रयासरत।

संतुलित, जानकारीपरक और दिलचस्प सामग्री के लेखन-पठन में रुचि।